Os Sinos

Título original: *The Chimes: A Goblin Story of Some Bells that Rang an Old Year Out and a New Year In*
copyright da tradução © Editora Lafonte Ltda. 2021

Todos os direitos reservados.
Nenhuma parte deste livro pode ser reproduzida por quaisquer meios existentes sem autorização por escrito dos editores.

Direção Editorial *Ethel Santaella*

REALIZAÇÃO

GrandeUrsa Comunicação

Direção *Denise Gianoglio*
Tradução *Celina Vergara*
Revisão *Diego Cardoso*
Capa, Projeto Gráfico e Diagramação *Idée Arte e Comunicação*
Ilustrações *John Leech, 1844*

Dados Internacionais de Catalogação na Publicação (CIP)
(Câmara Brasileira do Livro, SP, Brasil)

```
Dickens, Charles, 1812-1870
   Os sinos / Charles Dickens ; tradução Celina
Vergara. -- 1. ed. -- São Paulo : Lafonte, 2021.

   Título original: The Chimes: A Goblin Story of
Some Bells that Rang an Old Year Out and a New Year
In
   ISBN 978-65-5870-090-6

   1. Ficção inglesa I. Título.

21-64785                                    CDD-823
```

Índices para catálogo sistemático:

1. Ficção : Literatura inglesa 823

Aline Graziele Benitez - Bibliotecária - CRB-1/3129

Editora Lafonte

Av. Profª Ida Kolb, 551, Casa Verde, CEP 02518-000, São Paulo-SP, Brasil – Tel.: (+55) 11 3855-2100
Atendimento ao leitor (+55) 11 3855-2216 / 11 3855-2213 – atendimento@editoralafonte.com.br
Venda de livros avulsos (+55) 11 3855-2216 – vendas@editoralafonte.com.br
Venda de livros no atacado (+55) 11 3855-2275 – atacado@escala.com.br

CHARLES DICKENS

Os Sinos

Tradução
Celina Vergara

Brasil, 2021

Lafonte

SUMÁRIO

CAPÍTULO 1
Primeiro Quarto
7

CAPÍTULO 2
Segundo Quarto
45

CAPÍTULO 3
Terceiro Quarto
79

CAPÍTULO 4
Quarto Quarto
113

CAPÍTULO 1

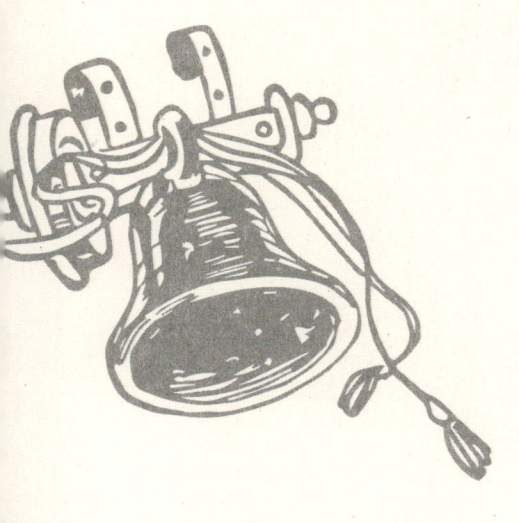

Primeiro Quarto[1]

---

[1] O livro é dividido em quatro partes em alusão às badaladas dos sinos sincronizados com o relógio das igrejas. Cada parte se refere a um quarto de hora. (N. da T.)

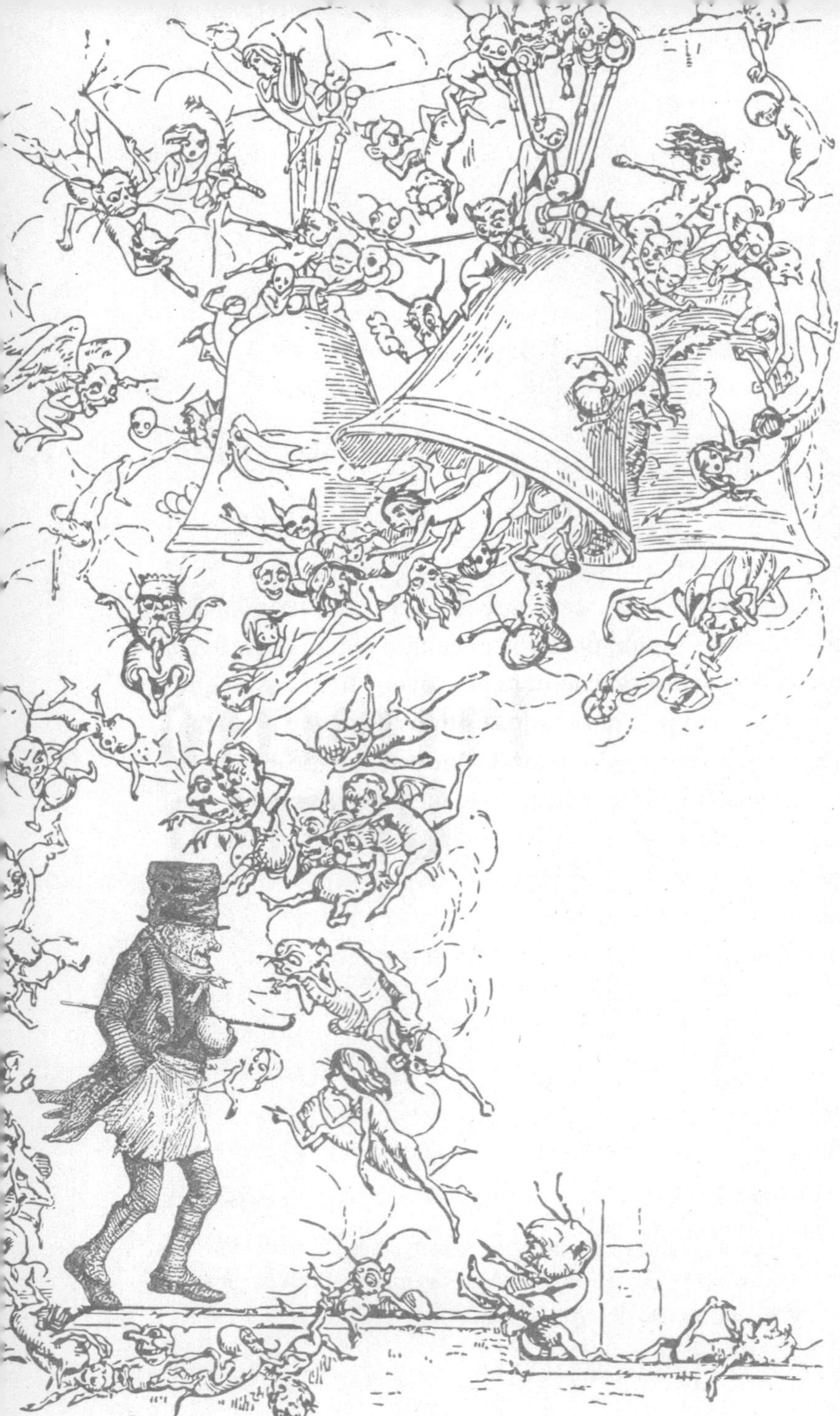

Não há muitas pessoas — e como é desejável que um contador de histórias e um leitor estabeleçam entendimento mútuo o mais rápido possível, peço que notem que eu não confino essa observação nem aos jovens nem aos pequenos, mas estendo-a para todos os tipos de gente: pequenas e grandes, jovens e velhas; ainda que estejam crescendo, ou já decrescendo novamente —, não há, digo, muitas pessoas que gostariam de dormir em uma igreja. Não me refiro à hora do sermão em clima quente (o que já aconteceu, de fato, uma ou duas vezes), mas à noite, e sozinha. Uma grande quantidade de criaturas ficará violentamente surpresa, eu sei, por essa afirmação em pleno dia. Mas, refiro-me à noite. O tema deve ser discutido na escuridão, e me comprometerei a manter minha posição com sucesso em qualquer noite de inverno tempestuosamente designada para esse fim, com algum oponente escolhido dentre os demais, que me encontrará sozinho em um antigo cemitério, diante de uma velha porta de igreja; e previamente me dará poder para trancá-lo até de manhã.

Pois o vento noturno tem um truque sombrio de

vagar em torno de um edifício desse tipo, e gemer enquanto continua; de tatear, com sua mão invisível, as janelas e as portas à procura de algumas fendas pelas quais entrar. E, quando o faz, como alguém que não encontra o que quer, seja o que for, ele geme e uiva para sair novamente; não satisfeito em andar pelos corredores, deslizando ao redor dos pilares e tateando o órgão quieto, sobe alto até o teto, e se esforça para rasgar as vigas; então, lança-se desesperadamente contra as pedras abaixo, e passa, resmungando, para as abóbadas. Sem demora, surge furtivamente e rasteja ao longo das paredes, parecendo ler, em sussurros, as inscrições sagradas aos mortos. Em algumas, irrompe estridente, semelhante a uma risada; em outras, geme e chora como se estivesse lamentando. Também tem um som fantasmagórico que permanece dentro do altar; onde celebra, à sua maneira selvagem, o erro, o assassinato cometido e os falsos deuses adorados, desafiando as tábuas da lei, que parecem tão justas e polidas, mas são imperfeitas e quebradas. *Ugh!* O Céu nos preserva ao sentarmos confortavelmente em volta do fogo! Tem uma voz horrível aquele vento da meia-noite cantando em uma igreja!

E no alto da torre! Lá, a rajada forte do mau tempo ruge e assobia! No alto da torre, onde o ar é livre para entrar e passar por muitos arcos e brechas arejados, para emaranhar-se e se entrelaçar sobre a escada vertiginosa, girar o cata-vento fazendo-o gemer, ele faz a própria torre estremecer! No alto, onde está o campanário, os trilhos de ferro enferrujados e as chapas de chumbo e cobre ressecadas pelas mudanças do tempo estalam e se erguem sob o passo incomum;

pássaros enfiam ninhos surrados em cantos de velhas vigas de carvalho; e a poeira envelhece e fica cinza; as aranhas pintadas, indolentes e gordas com a longa segurança, balançam preguiçosamente na vibração dos sinos e nunca perdem o controle de seus castelos fiados no ar, ou sobem como um marinheiro em alarme rápido, ou caem no chão e usam as oito pernas ágeis para salvar uma vida! No alto da torre de uma velha igreja, muito acima da luz e do murmúrio da cidade e muito abaixo das nuvens flutuantes que a sombreiam, fica o lugar selvagem e sinistro à noite; no alto da torre de uma velha igreja, habitam os sinos de que vou falar.

Eram velhos carrilhões[2], acredite em mim. Séculos atrás, os sinos eram batizados por bispos — tanto tempo se passou que o registro de batismo acabou se perdendo muito, muito antes da memória do homem, e ninguém mais sabe seus nomes. Esses sinos tiveram padrinhos e madrinhas (de minha parte, aliás, prefiro incorrer na responsabilidade de ser padrinho de um sino do que de um menino). Além disso, tinham, sem dúvida, canecas de prata. Mas, o tempo acabara com os patrocinadores e Henrique VIII derretera as canecas de prata; agora os sinos estavam pendurados, sem nome e sem caneca, na torre da igreja.

Não eram mudos, no entanto. Longe disso. Vozes claras, altas, vigorosas e sonoras, tinham esses sinos; e em

---

2 Conjunto de sinos de tamanhos variados com os quais são produzidos sons musicais. Ficam normalmente alojados em torres de igreja ou conventos. (N. da T.)

toda parte podiam ser ouvidos sobre o vento. Eram muito resistentes para dependerem do prazer do vento; além do mais, lutando galantemente contra as lufadas de ar quando necessário, eles derramavam suas notas alegres em um ouvido majestosamente atento. Determinados a serem percebidos em noites tempestuosas por alguma pobre mãe cuidando de uma criança doente ou por uma esposa solitária cujo marido estava no mar, às vezes espancavam um barulhento vento de nordeste. Sim, "tudo se encaixa", como dizia Toby Veck — embora tenham escolhido chamá-lo de Trotty Veck, seu nome era Toby, e ninguém poderia fazer mais nada (exceto Tobias) sem um ato especial do Parlamento; ele tinha sido tão legalmente batizado em seus dias como os carrilhões foram nos deles, ainda que sem tanta solenidade ou alegria pública.

De minha parte, compartilho da convicção de Toby Veck, pois tenho certeza de que ele teve oportunidades suficientes para formar uma crença correta. E tudo o que Toby Veck dizia, eu digo. Tomo o seu partido, embora ele ficasse o dia todo (e era um trabalho cansativo) do lado de fora da porta da igreja. Na verdade, Toby era um mensageiro e lá se postava à espera de trabalho.

Era um lugar aberto, arejado, onde o vento arrepiava a pele, azulava o nariz, deixava os olhos vermelhos, endurecia os dedos e fazia qualquer um que lá estivesse no inverno bater os dentes, como Toby Veck bem sabia. Vinha rasgando pela esquina — especialmente o vento leste — como se tivesse saído dos confins da Terra para dar um golpe em Toby. E muitas vezes parecia vir sobre ele mais cedo do que se esperava, pois, quicando na esquina e passando por Toby, de repente girava novamente, como se gritasse: "Ora, aqui está ele!". Prontamente, o aventalzinho branco do mensageiro ficava preso na cabeça como as roupas de um menino travesso; a pequena e fraca bengala era vista combatendo e lutando inutilmente em sua mão; suas pernas sofriam uma tremenda agitação, e o próprio Toby, enviesado, voltado ora para uma direção, ora para outra, era tão golpeado e esbofeteado, tão perturbado e levantado do chão, de modo arrebatador, que parecia milagre não ser carregado pelo ar como às vezes acontece com uma colônia de sapos ou caracóis ou outras criaturas muito portáteis, despencando em algum canto estranho do mundo, para o grande espanto dos nativos, onde os mensageiros são desconhecidos.

Mas, quando ventava, apesar de o ar tratá-lo de forma tão violenta, era, afinal, um dia especial para Toby. Esse era o fato. No vento, ele não parecia esperar tanto tempo por seis pence como em outros momentos; ter de lutar contra aquele elemento turbulento tirava sua atenção e o refrescava bastante quando estava com fome e baixo-astral. Uma geada forte ou uma queda de neve também era um evento; e parecia lhe fazer bem, de uma forma ou de outra — embora seja difícil imaginar como! Então, vento, geada, neve e talvez uma boa tempestade de granizo forte tornavam os dias memoráveis para Toby Veck.

O tempo chuvoso era o pior; a umidade fria e pegajosa o envolvia no sobretudo molhado — o único casaco que Toby possuía, tão encharcado que, uma vez dispensado, teria lhe garantido até maior conforto. Dias úmidos, quando a chuva caía lenta, densa, e obstinadamente; quando a garganta da rua, como a sua, era sufocada pela névoa; quando guarda-chuvas fumegantes passavam e voltavam, girando, girando e girando como tantos piões, enquanto batiam uns contra os outros na calçada lotada, lançando um pequeno redemoinho de aspersões desconfortáveis; quando as calhas disputavam e as trombas d'água estavam copiosas e barulhentas; quando o molhado das pedras salientes e das bordas da igreja caía gotejando, gotejando, gotejando em Toby, tornando o punhado de palhas em que ele estava mera lama em pouco tempo; aqueles eram os dias que o punham à prova. Então, de fato, você poderia ver Toby olhando ansiosamente de seu abrigo em um ângulo da parede da igreja — um abrigo tão escasso que no verão nunca lançava uma sombra mais espessa do que uma bengala de bom tamanho sobre a calçada ensolarada — com um rosto comprido e desconsolado. Mas, saindo, um minuto depois, para se aquecer com exercícios e trotando para cima e para baixo algumas dezenas de vezes, ele se iluminava mesmo assim, e voltava mais animado para seu nicho.

Chamavam-no de Trotty por causa de seu ritmo, que insinuava velocidade, embora sem se concretizar. Poderia andar mais rápido, talvez; provavelmente; mas, sem o seu trote, Toby seria levado para a cama e morreria. Salpicava-o de lama no tempo sujo; isso lhe custava um mundo de problemas; poderia caminhar infinitamente com mais facilidade; mas se agarrava a seu ritmo tenazmente. Um velho fraco, pequeno e magro, ele era um verdadeiro Hércules, esse Toby, em suas boas intenções. Adorava ganhar seu dinheiro. Adorava acreditar — Toby era muito pobre e não podia se dar ao luxo de se deliciar — que valia o que comia. Com uma mensagem de um xelim ou de dezoito centavos ou um pequeno pacote nas mãos, sua coragem sempre alta, aumentava mais. Enquanto trotava, gritava rapidamente aos carteiros à sua frente para saírem do caminho; devotamente acreditando que no curso natural das coisas ele deveria inevitavelmente ultrapassá-los e atropelá-los; e tinha uma fé perfeita — raramente testada — em ser capaz de carregar qualquer coisa que o homem pudesse levantar.

Assim, mesmo quando saía de seu recanto para se aquecer em um dia chuvoso, Toby trotava. Fazia, com seus sapatos furados, uma linha torta de pegadas lamacentas; e soprava suas mãos geladas, esfregando uma contra a outra, mal defendidas do frio intenso por luvas puídas de lã penteada cinza, com um lugar próprio apenas para o polegar, e espaço comum ou remendo para o resto dos dedos. Toby, com os joelhos dobrados e a bengala sob o braço, ainda trotava. Saindo da estrada para olhar em direção ao campanário quando os carrilhões ressoavam, Toby ainda trotava.

Ele fazia essa excursão várias vezes ao dia, pois os carrilhões eram sua companhia; e, quando ouvia suas vozes, tinha interesse em olhar para seu alojamento e pensar como eram movidos, e que martelos os atingiram. Talvez tivesse mais curiosidade sobre esses sinos porque havia pontos de semelhança entre eles. Estavam pendurados ali, em todos os climas, com o vento e a chuva caindo sobre eles; encarando apenas o exterior de todas aquelas casas; nunca ficando mais perto dos fogos ardentes que cintilavam e brilhavam nas janelas ou saíam bufando pelo topo das chaminés; incapazes de participar de qualquer uma das coisas boas que eram constantemente passadas pelas portas da rua e das grades da área a cozinheiros prodigiosos. Rostos iam e vinham em muitas janelas: às vezes bonitos, jovens, agradáveis; às vezes o inverso; mas Toby não sabia (embora muitas vezes especulasse sobre essas ninharias, parado nas ruas) de onde vinham ou para onde iam, ou se, quando os lábios se moviam, uma palavra gentil seria dita sobre ele, durante todo o ano, assim como também os carrilhões não sabiam.

Toby não era um casuísta — que ele soubesse, pelo menos — e não pretendo dizer o contrário quando ele começou a visitar os carrilhões e a transformar seu contato com os sinos em algo mais próximo, uma trama mais íntima. No entanto, ele revisava essas considerações diariamente em seus pensamentos. O que quero dizer é que, tal como as funções do corpo de Toby, seus órgãos digestivos, por exemplo, trabalhavam por sua própria astúcia e por muitas operações das quais ele era totalmente ignorante, cujo conhecimento muito o surpreenderia ao chegar a um certo fim; assim, suas faculdades mentais, sem sua interferência, colocariam todas as rodas e molas em movimento, com milhares de outras, atuando para fazer com que ele amasse os carrilhões.

E, embora eu tivesse dito amor, não me lembrando de outra palavra, dificilmente teria expressado melhor seu sentimento complicado. Pois, sendo apenas um homem simples, ele os envolveu em um caráter estranho e solene. Os sinos eram tão misteriosos, frequentemente ouvidos e nunca vistos; tão altos, tão distantes, tão cheios de uma melodia profunda e forte que ele os venerava com uma espécie de reverência; às vezes, quando olhava para as janelas em arco e escuras da torre, meio que esperava ser atraído por algo que não era um sino, mas era o que ele tinha ouvido tantas vezes soando nos carrilhões. Por tudo isso, Toby escutou com indignação um certo boato no ar de que eles eram assombrados, o que implicava a possibilidade de estarem conectados com qualquer coisa do mal. Em suma, estavam muitas vezes em seus ouvidos e pensamentos, sempre em boa consideração. Chegara a ter torcicolos no pescoço por ficar olhando, com a boca bem aberta, para o campanário onde ficavam pendurados, a ponto de precisar dar um ou dois trotes extras para se curar.

Exatamente o que ele estava fazendo em um dia frio, quando o último som sonolento das doze horas acabara de bater, cantarolando como um monstro melodioso, uma enorme abelha, por todo o campanário!

— Hora do jantar, hein! — disse Toby, trotando de um lado para o outro diante da igreja. — Ah!

O nariz e as pálpebras de Toby estavam muito vermelhos, ele piscava com frequência, seus ombros chegavam perto das orelhas, e suas pernas estavam muito rígidas; no geral, ele evidentemente tinha percorrido um longo caminho no gelado frio.

— Hora do jantar, hein! — repetiu Toby, usando a luva da mão direita como uma versão de luva de boxe infantil, batendo em seu peito por estar frio. — Ah-h-h-h!

Ele deu um trote silencioso depois disso, por um ou dois minutos.

— Não há nada — disse Toby, irrompendo de novo. Mas ali ele parou seu trote abruptamente e, com uma expressão de grande interesse e algum alarme, apalpou cuidadosamente o nariz até o alto. Era apenas um pequeno espaço (seu nariz era curto) e logo terminou.

— Pensei que tinha sumido — disse Toby, saindo novamente. — Está tudo bem, no entanto. Tenho certeza de que não poderia culpá-lo se tivesse ido. Tem um serviço precioso e duro neste clima difícil, e muito pouco para esperar; pois eu nem tomo rapé. É muito tentado, pobre nariz, na melhor das hipóteses; pois, quando ele sente um cheiro agradável ou algo assim, geralmente trata-se do jantar de outra pessoa, voltando da padaria.

A reflexão o lembrou de outro pensamento que havia deixado inacabado.

— Não há nada — disse Toby — mais regular do que a badalada que avisa a hora do jantar, e nada menos regular do que o próprio jantar. Essa é a grande diferença entre eles. Demorei muito tempo para descobrir. Eu me pergunto se valeria a pena para algum cavalheiro, agora, passar essa observação aos jornais; ou enviá-la ao Parlamento!

Toby estava apenas brincando, pois balançou a cabeça gravemente em autodepreciação.

— Ora! Senhor! — disse Toby. — Os jornais estão cheios de observações; e o Parlamento também. Aqui está o jornal da semana passada — tirando um muito sujo do bolso e o segurando à distância de um braço.

— Cheio de observações! Cheio de observações! Gosto de saber as novidades assim como qualquer homem — disse Toby, lentamente; dobrando-o um pouco menor e colocando-o no bolso novamente.

— Mas agora quase me assusta ler um jornal. Não sei onde nós, pobres, estamos chegando. Senhor, deixe que possamos alcançar algo melhor no novo ano que está próximo!

— Ora, pai, pai! — disse uma voz agradável, com força.

Mas Toby, sem ouvir isso, continuou a trotar para frente e para trás, meditando enquanto caminhava, e falando consigo mesmo.

— Parece que não podemos dar certo, ou fazer o certo, ou ser corrigido — disse Toby.

— Eu não tive muita escolaridade quando jovem; não consigo discernir se temos algum propósito na face da Terra ou não. Às vezes acho que devemos ter — um pouco; e às vezes acho que estamos nos intrometendo. Fico tão confuso que nem consigo decidir se há algo de bom em nós ou se nascemos maus. Parecemos ser coisas terríveis; criamos um monte de problemas; estamos sempre reclamando e se protegendo. De um jeito ou de outro, enchemos os jornais. Falar do Ano-Novo! — disse Toby, tristemente. — Eu posso suportar tão bem quanto outro homem, na maioria das vezes; melhor do que muitos, pois sou forte como um leão, e todos os homens não o são; mas, supondo que realmente não deveríamos ter direito a um Ano-Novo, supondo que realmente estamos nos intrometendo...

— Ora, pai, pai! — disse a voz agradável novamente.

Toby ouviu desta vez; espantou-se; parou; e, encurtando sua visão, que havia sido direcionada para muito longe buscando a iluminação bem no coração do ano que se aproximava, encontrou-se cara a cara com sua própria filha, e olhou bem nos olhos dela.

Eram olhos brilhantes. Suportariam um mundo de olhar antes que sua profundidade fosse sondada. Olhos escuros, que refletiam de volta os olhos que os procuravam; não de forma flamejante, ou por vontade própria, mas com um brilho claro, calmo, honesto e paciente, reivindicando parentesco com aquela luz que o Céu criou. Olhos lindos e verdadeiros, que irradiavam esperança. Com uma fé tão jovem e fresca; tão alegre, vigorosa e brilhante, apesar dos vinte anos de trabalho e pobreza para os quais haviam olhado; que se tornaram uma voz afirmativa para Trotty Veck: "Acho que temos algum propósito por aqui — pelo menos algum!".

Trotty beijou os lábios pertencentes aos olhos e apertou o rosto florescendo entre as mãos.

— Ora, querida — disse Trotty. — O que faz aqui? Eu não esperava por você hoje, Meg.

— Nem eu esperava vir, pai — exclamou a menina, balançando a cabeça e sorrindo enquanto falava.

— Mas aqui estou! E não sozinha; não sozinha!

— Ora, você não quer dizer — observou Trotty, olhando curiosamente para uma cesta coberta que ela carregava em sua mão — que você...

— Sinta o cheiro, querido pai — disse Meg. — Apenas cheire!

Trotty ia levantar a tampa imediatamente, com muita pressa, quando ela alegremente interpôs a mão.

— Não, não, não — disse Meg, com a alegria de uma criança. — Prolongue um pouco. Deixe-me apenas levantar o canto; apenas um pequeno canto, você sabe — disse Meg, combinando a ação com a palavra de forma extremamente gentil, falando muito suavemente, como se ela tivesse medo de ser ouvida por algo dentro da cesta. — Ali. Agora. O que é isso?

Toby cheirou o mais rápido possível na borda da cesta e gritou em êxtase:

— Ora, está quente!

— Está muito quente! — exclamou Meg. — Ha, ha, ha! Está escaldante!

— Ha, ha, ha! — rugiu Toby, com uma espécie de excitação. — Está escaldante!

— Mas o que é isso, pai? — perguntou Meg. — Vamos. Você não adivinhou o que é. E deve adivinhar. Eu não posso tirá-la até que adivinhe o que é. Não tenha tanta pressa! Espere um minuto! Um pouco mais da tampa. Agora adivinhe!

Meg estava apavorada que ele acertasse muito cedo; encolhendo-se, enquanto segurava a cesta; encolhendo seus lindos ombros; tapando o ouvido com a mão, como se ao fazer isso pudesse manter a palavra certa nos lábios de Toby; e rindo baixinho o tempo todo.

Enquanto isso, Toby, colocando as mãos nos joelhos, abaixou o nariz até a cesta e inspirou longamente na tampa; o sorriso em seu rosto murcho se expandia no processo, como se estivesse inalando gás hilariante.

— Ah! É muito bom — disse Toby. — Não é — imagino que não sejam salsichas?

— Não, não, não! — exclamou Meg, encantada. — Nada a ver com salsichas!

— Não — disse Toby, depois de outra cheirada. — É mais suave do que salsichas. É muito bom. Isso melhora a cada momento. É tão evidente que é pé de porco. Não é?

Meg estava em êxtase. Ele não poderia ter ido mais longe do que pés de porco — a não ser pelas salsichas.

— Fígado? — disse Toby, conversando consigo mesmo. — Não. Há uma suavidade nisso que não corresponde a fígado. Pés de porco? Não. Não é mole o suficiente para pés de porco. Falta a rigidez das cabeças de galo. E eu sei que não é salsicha. Eu vou dizer o que é. São miúdos de porco!

— Não, não são! — exclamou Meg, em uma explosão de alegria. — Não, não são!

— Ora, no que estou pensando! — disse Toby, recuperando de repente uma posição tão perto da perpendicular quanto era possível para compreender o que havia ali. — Vou esquecer meu próprio nome em seguida. É dobradinha!

Era dobradinha; e Meg, em grande alegria, protestou que ele deveria dizer, em mais meio minuto, que era a melhor dobradinha já preparada.

— E então — disse Meg, ocupando-se alegremente com a cesta — vou estender o pano de uma vez, pai; pois trouxe a dobradinha em uma bacia e a amarrei em um lenço de bolso; e, se eu quiser orgulhar-me ao menos uma vez e afirmar que isso é uma toalha, e chamá-la de toalha, não há lei que me impeça; há, pai?

— Não que eu saiba, minha querida — disse Toby. — Mas eles estão sempre trazendo à tona alguma nova lei ou outra.

— E de acordo com o que eu estava lendo para você no jornal outro dia, pai; o que o juiz disse, você sabe; nós, pobres, devemos conhecê-las todas. Ha, ha! Que erro! Meu Deus, como eles nos acham inteligentes!

— Sim, minha querida — exclamou Trotty. — E eles gostariam muito de qualquer um de nós que *realmente* conhecesse todas. Ele engordaria com o trabalho que conseguiria, aquele homem, e seria popular com os nobres em seu bairro. Muito mesmo!

— Ele jantaria com apetite, quem quer que fosse, se cheirasse assim — disse Meg alegremente. — Apresse-se, pois, além disso, há uma batata quente e meio litro de cerveja recém-tirada em uma garrafa. Onde você vai jantar, pai?

No poste ou nos degraus? Querido, querido, como somos grandiosos. Dois lugares para escolher!

— Nos degraus hoje, minha querida — disse Trotty. — Degraus em tempo seco. Poste, em molhado. Existe uma maior comodidade nos degraus em todos os momentos, pois podemos nos sentar; mas eles são reumáticos no tempo úmido.

— Então aqui — disse Meg, batendo palmas, depois de um momento de agitação. — Aqui está, tudo pronto! E parece lindo! Venha, pai. Venha!

Desde a descoberta do conteúdo da cesta, Trotty ficou parado olhando para ela — e também falava — de uma maneira abstrata, o que mostrou que, embora ela fosse o objeto de seus pensamentos e olhos, excluindo até mesmo as dobradinhas, ele nem a via nem pensava como ela estava naquele momento, mas tinha diante de si algum esboço ou drama imaginário de sua vida futura. Despertado, agora, por sua convocação alegre, deu uma sacudida de cabeça para afastar a melancolia que estava chegando e trotou para o lado dela. Enquanto se abaixava para sentar-se, os carrilhões tocaram.

— Amém! — disse Trotty, tirando o chapéu e olhando para eles.

— Amém para os sinos, pai? — exclamou Meg.

— Eles entraram como uma graça, minha querida — disse Trotty, sentando-se. — Eles diriam alguma coisa boa, tenho certeza, se pudessem. Muitas são as coisas gentis que me dizem.

— Os sinos, pai! — riu Meg, enquanto colocava a bacia, uma faca e um garfo diante dele. — Bem!

— Parece que sim, minha querida — disse Trotty, sucumbido à comida com grande vigor. — E onde está a diferença? Se eu os ouço, o que importa se eles falam ou não? Ora lhe abençoam, minha querida — disse Toby, apontando para a torre com o garfo e ficando mais animado sob a influência do jantar —, quantas vezes eu ouvi os sinos dizerem "Toby Veck, Toby Veck, mantenha um bom coração, Toby! Toby Veck, Toby Veck, mantenha um bom coração, Toby!". Um milhão de vezes? Mais!

— Bem, eu nunca ouvi! — exclamou Meg.

Entretanto, ela já tinha ouvido repetidamente, pois era o tópico constante de Toby.

— Quando as coisas estão muito ruins — disse Trotty; — Muito ruins mesmo, quero dizer; quase na pior; então é "Toby Veck, Toby Veck, trabalho em breve, Toby! Toby Veck, Toby Veck, trabalho em breve, Toby!". Dessa maneira.

— E o trabalho vem finalmente, pai — disse Meg, com um toque de tristeza em sua voz agradável.

— Sempre — respondeu o inconsciente Toby. — Nunca falha.

Enquanto esse discurso estava acontecendo, Trotty não fez nenhuma pausa em seu ataque à comida saborosa diante dele; cortou e comeu, cortou e bebeu, cortou e mastigou, e alternou, dobradinhas e batata quente, batata quente novamente e dobradinha, com um sabor untuoso e persistente. Mas, agora, olhando ao redor da rua — para o caso de alguém estar acenando de alguma porta ou janela procurando um mensageiro —, seus olhos, ao voltarem, encontraram Meg sentada de frente para ele, de braços cruzados e ocupada apenas em observar seu progresso com um sorriso de felicidade.

— Deus me perdoe! — disse Trotty, largando o garfo e a faca. — Minha pombinha! Meg! Por que você não me disse que animal eu era?

— Pai?

— Sentado aqui — disse Trotty, em uma explicação penitente —, fartando-me, enchendo-me e empanturrando-me; e você diante de mim aí, nunca quebrando seu precioso jejum, nem querendo, quando...

— Mas eu quebrei, pai, em pedaços — interpôs sua filha, rindo. — Eu já jantei.

— Bobagem — disse Trotty. — Dois jantares em um dia! Não é possível! Você também pode me dizer que dois dias do ano novo virão juntos, ou que tive uma cabeça de ouro em toda a minha vida, e nunca mudou isso.

— Já jantei, pai, apesar de tudo — disse Meg, aproximando-se dele. — E, se você continuar com o seu, direi como e onde; e como o seu jantar foi trazido; e outra coisa além disso.

Toby ainda parecia incrédulo; mas ela olhou em seu rosto com seus olhos claros e, colocando a mão em seu ombro, gesticulou para que continuasse enquanto a comida estava quente. Trotty assumiu a faca e o garfo novamente, e começou a trabalhar. Mas muito mais devagar do que antes, e sacudindo a cabeça, como se ele não estivesse nada satisfeito consigo mesmo.

— Eu jantei, pai — disse Meg, após um pouco de hesitação —, com... Com Richard. A hora do jantar dele é mais cedo; e, como ele trouxe seu jantar quando veio me ver, nós o comemos juntos, pai.

Trotty pegou um pouco de cerveja e estalou os lábios. Então disse: — Oh! Porque ela estava esperando.

— E Richard disse, pai — retomou Meg. Então parou.

— O que Richard disse, Meg? — perguntou Toby.

— Richard disse, pai... — outra interrupção.

— Richard está há muito tempo dizendo isso — disse Toby.

— Ele disse, então, pai — Meg continuou, finalmente, erguendo os olhos e falando tremendo, mas muito claramente; — Mais um ano está quase acabando, e o que adianta esperar ano após ano quando é tão improvável que algum dia estaremos melhor do que estamos agora? Falou que somos pobres agora, pai, e seremos pobres então, mas somos jovens agora, e os anos nos tornarão velhos antes de percebermos. Ele disse que, se esperarmos, pessoas em nossa condição, até que vejamos nosso caminho com bastante clareza, o caminho será realmente estreito — o caminho comum —, o túmulo, pai.

Um homem mais ousado do que Trotty Veck deveria

ter recorrido amplamente a sua ousadia para negá-la. Trotty ficou calado.

— E como é difícil, pai, envelhecer e morrer, e pensar que poderíamos ter nos confortado e ajudado um ao outro! Como é difícil amar uns aos outros em nossas vidas; e sofrer, separadamente, para ver um ao outro trabalhando, mudando, envelhecendo e ficando grisalho. Mesmo que eu levasse a melhor e o esquecesse (o que eu nunca poderia), oh, querido pai, como é difícil ter um coração tão cheio como o meu agora, e viver para vê-lo drenado lentamente a cada gota, sem a lembrança de um momento feliz natural à vida de uma mulher para me confortar, e me tornar melhor!

Trotty ficou imóvel. Meg enxugou os olhos e disse com mais alegria, quer dizer, com uma risada aqui, e um soluço ali, e aqui uma risada e soluço juntos:

— É o que Richard disse, pai; como ontem o trabalho dele foi garantido por algum tempo, e como eu o amo e o tenho amado por três anos — ah! Mais do que isso, se ele soubesse! —, vou me casar com ele no dia de Ano-Novo; o melhor e mais feliz dia em todo o ano, segundo ele acredita, o que certamente nos trará boa sorte. É um aviso rápido, não é pai? Mas eu não tenho uma grande fortuna a ser resolvida, ou meu vestido de noiva a ser feito, como as grandes damas, não é pai? E ele disse muito, e disse-o à sua maneira; tão forte e sincero, e o tempo todo tão gentil e amável; que eu disse que viria falar com você, pai. E como eles me deram o dinheiro pelo meu trabalho dessa manhã (inesperadamente, tenho certeza!) e por você ter se saído muito mal durante toda a semana, não pude deixar de desejar que houvesse algo para tornar esse dia uma espécie de feriado para você e também um dia querido e feliz para mim, pai, por isso fiz um pequeno presentinho e trouxe para surpreendê-lo.

— E veja como ele o deixa esfriando no degrau! — disse outra voz.

Era a voz desse mesmo Richard, que tinha vindo até eles sem ser visto e estava diante do pai e da filha; olhando para eles com um rosto tão brilhante quanto o ferro no qual sua marreta vigorosa bate diariamente. Era um jovem bonito, bem-feito e com olhos que brilham como faíscas em brasa de uma fornalha; cabelos pretos que raramente enrolavam sobre suas têmporas; e um sorriso — um sorriso que exibia o elogio de Meg sobre seu estilo de conversação.

— Veja como ele o deixa esfriando no degrau! — disse Richard. — Meg não sabe do que ele gosta. Não sabe!

Trotty, com toda ação e entusiasmo, imediatamente estendeu a mão para Richard, e estava indo abordá-lo com muita pressa quando a porta da casa se abriu sem qualquer aviso, e um lacaio quase meteu o pé na comida.

— Saia daqui! Você sempre vem e fica a postos em nossos degraus! Não pode ir a nenhum dos vizinhos nunca? Vai desimpedir o caminho ou não?

A rigor, a última pergunta era irrelevante, pois eles já haviam saído.

— Qual é o problema, qual é o problema? — disse o

cavalheiro para quem a porta foi aberta; saindo de casa naquele ritmo apressado e pesado — estilo peculiar entre uma caminhada e uma corrida — com o qual um cavalheiro na suave descida da vida, com botas rangendo, uma corrente de relógio e linho limpo, pode sair de sua casa: não apenas sem qualquer redução de sua dignidade, mas com uma expressão de ter compromissos importantes e ricos em outro lugar. — Qual é o problema? Qual é o problema?

— Você está sempre implorando e orando de joelhos dobrados — disse o lacaio com grande ênfase para Trotty Veck —, deixe os degraus de nossa porta em paz. Por que você não os deixa em paz? Você não pode deixá-los em paz?

— Pronto! Isso basta, basta! — disse o cavalheiro. — Olá! Mensageiro! — acenando com sua cabeça para Trotty Veck. — Venha aqui. O que é isso? Seu jantar?

— Sim, senhor — disse Trotty, deixando-o para trás em um canto.

— Não deixe isso aí — exclamou o cavalheiro. — Traga aqui, traga aqui. Então! Isto é seu jantar, não é?

— Sim, senhor — repetiu Trotty, olhando com os olhos fixos e a boca aguada para o pedaço de dobradinha que tinha reservado para uma última garfada deliciosa; que o cavalheiro estava agora girando continuamente na ponta do garfo.

Dois outros cavalheiros tinham saído com ele. Um deles era um homem desanimado de meia-idade, de roupas velhas e rosto desconsolado; que mantinha as mãos continuamente nos bolsos de suas calças salpicadas de preto e branco, muito grandes e surradas por causa desse costume; e não era particularmente bem escovado ou lavado. O outro, elegante e bem tratado, em um paletó azul com botões brilhantes e uma gravata branca. Este senhor tinha o rosto muito vermelho, como se uma proporção indevida do sangue em seu corpo estivesse espremida em sua cabeça; o que talvez explicasse também sua aparência de ser bastante frio em relação ao coração.

Aquele que tinha a carne de Toby no garfo chamou o primeiro pelo nome de Filer; e os dois se aproximaram. O sr. Filer, por ser extremamente míope, foi obrigado a chegar tão perto do resto do jantar para que pudesse entender o que era que o coração de Toby saltou em sua boca. Mas o sr. Filer não comeu.

— Esta é uma descrição de comida de animal, vereador — disse Filer, dando pequenos socos nela com um estojo —, comumente conhecida pela população trabalhadora deste país pelo nome de dobradinha.

O vereador riu e piscou; pois o vereador Cute era um sujeito alegre. Ah, e um astuto também! Um homem conhecedor de tudo, que não se deixava enganar. Ia até o fundo do coração das pessoas, Cute sabia de tudo, acredite!

— Mas quem come dobradinha? — perguntou o sr. Filer, olhando em volta. — Dobradinha é, sem exceção, o artigo de consumo menos econômico, mais dispendioso que os mercados deste país podem possivelmente produzir. Descobriu-se que a perda de meio quilo de dobradinha era, na fervura, de sete oitavos de um quinto a mais do que a perda de meio quilo de qualquer outra substância animal. Dobradinha é mais cara, bem entendido, do que a pinha de estufa. Levando em consideração o número de animais abatidos anualmente dentro apenas das contas de mortalidade; e formando uma baixa estimativa da quantidade de tripas que as carcaças desses animais, razoavelmente bem abatidas, renderiam; descobri que o desperdício dessa quantidade de bucho, se fervido, abasteceria uma guarnição de quinhentos homens durante cinco meses de trinta e um dias cada, e mais um mês de fevereiro. O desperdício, o desperdício!

Trotty ficou pasmo e suas pernas tremeram. Ele parecia ter matado de fome uma guarnição de quinhentos homens com suas próprias mãos.

— Quem come dobradinha? — disse o sr. Filer calorosamente. — Quem come dobradinha?

Trotty fez uma reverência miserável.

— Você come, não é? — disse o sr. Filer. — Então eu vou lhe dizer uma coisa. Você arranca sua dobradinha, meu amigo, da boca de viúvas e órfãos.

— Espero que não, senhor — disse Trotty fracamente. — Eu preferiria morrer de vontade!

— Divida a quantidade de dobradinha mencionada antes, vereador — disse o sr. Filer —, pela estimativa do número de viúvas e órfãos existentes, e o resultado será um centavo de dobradinha para cada um. Não resta nenhum grão para aquele homem. Consequentemente, ele é um ladrão.

Trotty ficou tão chocado que não se preocupou em ver o vereador comer a dobradinha. De qualquer forma, foi um alívio se livrar dela.

— E o que você me diz? — perguntou o vereador, jocosamente, ao cavalheiro de rosto vermelho vestido com um paletó azul. — Você ouviu seu amigo Filer. O que você diz?

— O que é possível dizer? — retornou o cavalheiro. — O que deve ser dito? Quem pode se interessar por alguém assim — referindo-se a Trotty; — Em tempos tão degenerados como estes? Olhe para ele. Que tipo! Os bons e velhos tempos, os grandes velhos tempos para um camponês ousado e todo esse tipo de coisa. Hoje não há nada. Ah! — suspirou o cavalheiro de rosto vermelho. — Os bons velhos tempos, os bons velhos tempos!

O cavalheiro não designou a época específica a que ele se referia; nem disse se objetava aos tempos atuais, de uma consciência desinteressada de que eles não tinham feito nada muito notável em se produzir.

— Os bons velhos tempos, os bons velhos tempos — repetiu o cavalheiro. — Que tempos foram aqueles! Eles foram únicos. Não adianta falar sobre qualquer outro momento, ou discutir o que as pessoas são *nesses* tempos. Você não chama isso de tempos, chama? Eu não. Veja os trajes de Strutt, e veja o que um mensageiro costumava ser em qualquer um dos bons velhos reinados ingleses.

— Ele não tinha, em suas melhores circunstâncias, uma camisa nas costas ou uma meia nos pés; e dificilmente havia um vegetal em toda a Inglaterra para ele colocar na boca — disse o sr. Filer. — Eu posso provar isso com as tabelas.

Mas ainda assim o cavalheiro de rosto vermelho exaltava os bons e velhos tempos, os grandes velhos tempos, os grandes velhos tempos. Não importava o que qualquer outra pessoa dissesse, ele continuava girando e girando em uma forma definida de palavras a respeito deles; como um pobre esquilo gira e gira em sua gaiola; tocando o mecanismo, cujo truque provavelmente tem percepções tão distintas, como sempre esse cavalheiro de rosto vermelho tinha de seu falecido milênio.

É possível que a fé do pobre Trotty nestes velhos tempos não tenha sido totalmente destruída, pois ele se sentiu bastante vago naquele momento. Uma coisa, no entanto, estava clara para ele no meio de sua angústia; a saber, que por mais que esses senhores possam diferir em detalhes, suas apreensões daquela manhã, e de muitas outras manhãs, foram bem fundadas. "Não, não. Não podemos dar certo ou fazer certo", pensou Trotty em desespero. "Não há nada de bom em nós. Nós nascemos maus!"

Mas Trotty tinha um coração de pai dentro de si; que de alguma forma penetrou em seu peito, apesar desse decreto; e ele não podia suportar que Meg, no rubor de sua breve alegria, tivesse seu destino lido por esses senhores sábios. — Deus a ajude, pensou o pobre Trotty. — Ela saberá em breve.

Ansiosamente, Toby sinalizou ao jovem ferreiro

para levá-la embora. Mas ele estava tão ocupado, falando baixinho com Meg a uma pequena distância, que só tomou consciência desse desejo simultaneamente com o vereador Cute. No momento, o vereador ainda não tinha se pronunciado, mas *era* um filósofo também — prático, no entanto! Oh, muito prático — e, como ele não tinha intenção de perder nenhuma parte de sua audiência, ele gritou "Pare!".

— Agora, você sabe — disse o vereador, dirigindo-se a seus dois amigos, com o habitual sorriso autocomplacente no rosto. — Eu sou um homem simples e prático; e vou trabalhar desta forma. Esse é meu caminho. Não há o menor mistério ou dificuldade em lidar com esse tipo de pessoas se você apenas as entende e consegue falar com elas da mesma maneira. Agora, mensageiro, nunca me diga, ou a qualquer outra pessoa, meu amigo, que você não tem sempre o suficiente para comer, e do melhor; porque eu sei. Provei sua dobradinha, você sabe, e não poderá "caçoar" de mim. Você entende o que significa "caçoar", não é? Essa é a palavra certa, não é? Ha, ha, ha! Deus os abençoe — disse o vereador, voltando-se para seus amigos novamente —, é a coisa mais fácil do mundo lidar com esse tipo de pessoa, se você as entender.

Homem famoso pelo povo, o vereador Cute! Nunca de mau humor com eles! Cavalheiro fácil, afável, brincalhão e conhecedor!

— Sabe, meu amigo — prosseguiu o vereador —, há um monte de besteiras faladas sobre carência — pobre, você sabe; essas são as palavras, não? Ha! Ha! Ha! — e pretendo criticá-las. Há uma certa quantidade de hipocrisia em voga sobre a fome, e pretendo derrubá-la. Isso é tudo! Deus os abençoe — disse o vereador, voltando-se para seus amigos novamente —, vocês podem impor qualquer coisa para esse tipo de gente, se souber o caminho a seguir.

Trotty pegou a mão de Meg e puxou-a pelo braço. No entanto, ele parecia não saber o que estava fazendo.

— Sua filha, hein? — disse o vereador, acariciando-a no queixo de um jeito familiar. Sempre afável com a classe trabalhadora, o vereador Cute! Sabia o que os agradava! Nunca se mostrava orgulhoso!

— Onde está a mãe dela? — perguntou aquele digno cavalheiro.

— Morta — disse Toby. — A mãe dela passava lençóis; e foi chamada ao céu quando ela nasceu.

— Imagino que não passe roupa lá — comentou o vereador em tom jocoso.

Toby poderia ou não ser capaz de separar sua esposa no céu de suas antigas atividades. Mas a pergunta era: se a sra. Cute tivesse ido para o céu, o sr. Cute a teria retratado como detentora de qualquer cargo ou posto lá?

— E você está dormindo com ela, não está? — disse Cute para o jovem ferreiro.

— Estou — respondeu Richard rapidamente, pois ficou irritado com a pergunta. — E nós vamos nos casar no dia de Ano-Novo.

— Como assim! — gritou Filer bruscamente. — Casar!

— Ora, sim, estamos pensando nisso, mestre — disse Richard. — Estamos com pressa, sabe, para que não sejamos desanimados.

— Ah! — gritou Filer, com um gemido. — Anote isso de fato, vereador, e você fará algo. Casar-se! Casar-se! A ignorância dos primeiros princípios da economia política por parte dessas pessoas; sua imprevidência; sua maldade; é... Pelos céus! O suficiente para... Olhe para esse casal, por favor!

Bem, valia a pena olhar. E o casamento parecia a ação mais razoável e justa para os dois.

— Um homem pode viver até a idade de Matusalém — disse o sr. Filer — e trabalhar toda a sua vida para o benefício de pessoas como essas; pode acumular fatos sobre números, fatos sobre números, fatos sobre números, montanhas deles, mas não consegue persuadi-los de que não têm o direito ou razão para se casar como para nascer. E sabemos que não têm. Reduzimos isso a uma certeza matemática há muito tempo!

O vereador Cute colocou o dedo indicador direito na lateral do nariz, o que seria o mesmo que dizer a seus dois amigos "Observem-me! Fiquem de olho no homem prático!", e chamou Meg para perto dele.

— Venha aqui, minha garota! — disse o vereador Cute.

O sangue jovem de seu namorado estava subindo, com raiva, nos últimos minutos; e ele não estava disposto a deixá-la ir. Mas, colocando uma restrição sobre si mesmo, avançou com passos largos quando Meg se aproximou e ficou ao lado dele. Trotty manteve a mão dela em seu braço, porém, olhava de rosto em rosto tão desorientado quanto se estivesse adormecido, vendo tudo em um sonho.

   — Agora, vou lhe dar uma ou duas palavras de bons conselhos, minha menina — disse o vereador, em sua maneira fácil e agradável. — É minha função dar conselhos, porque eu sou um juiz. Você sabe que eu sou um juiz, não é?

   Meg, timidamente, disse: "Sei". Todos sabiam que o vereador Cute era um juiz! Oh, meu Deus, um juiz tão ativo! Que partícula de brilho aos olhos do público, Cute!

   — Você vai se casar, certo? — prosseguiu o vereador. — Muito inconveniente e indelicado em alguém do seu sexo! Mas não importa. Depois que se casar, brigará com seu marido e se tornará uma esposa angustiada. Pode pensar que não; mas vai, porque eu lhe digo. Agora, dou-lhe um aviso justo, porque eu decidi acabar com esposas angustiadas. Então, não seja levada diante de mim. Você terá filhos, meninos. Eles vão crescer mal, claro, e correr soltos pelas ruas, sem sapatos e sem meias. Cuidado, minha jovem amiga! Vou condená-los sumariamente, todos, pois estou determinado a acabar com meninos sem sapatos e meias. Talvez seu marido morra jovem (provavelmente) e a deixe com um bebê. Então você será expulsa de casa e vagará pelas ruas. Agora, não vagueie perto de mim, minha querida, pois estou decidido a acabar com todas as mães errantes. Todas as jovens mães, de todos os tipos, será minha determinação acabar. Não pense em alegar doença ou bebês como desculpa; porque estou determinado a acabar com todas as pessoas doentes e crianças pequenas (espero que conheça o culto da igreja, mas receio que não). E se você tentar, numa investida desesperada, ingrata, ímpia e fraudulenta, se afogar, ou se enforcar, não terei pena, pois decidi acabar com todo suicídio! Se há uma coisa — disse o vereador, com seu sorriso de autossatisfação — que estou mais decidido do que em outra, é em acabar com o suicídio. Portanto, não tente. Essa é a frase, não é? Ha, ha! Agora conseguimos nos entender.

Toby não sabia se ficava agoniado ou contente ao ver que Meg tinha ficado mortalmente branca, e largou a mão de seu amado.

— E quanto a você, seu cachorro estúpido — disse o vereador, virando-se com alegria ainda maior para o jovem ferreiro —, por que está pensando em se casar? Por que quer ser casado, seu bobo? Se eu fosse um cara jovem e robusto, teria vergonha de ser ordinário o suficiente para me prender às amarras do avental de uma mulher! Ora, ela será uma velha antes de você ser um homem de meia-idade! E você será uma figura bonita, com uma esposa de rabo de arrasto e uma multidão de crianças gritando aonde quer que você vá!

Oh, ele sabia como caçoar das pessoas comuns, o vereador Cute!

— Aí está! Vá em frente — disse o vereador — e arrependa-se. Não faça papel de bobo se casando no Ano-Novo. Você pensará de maneira muito diferente antes do próximo dia de Ano-Novo. Um rapaz bonito como você, com todas as garotas atrás. Aí está! Vá em frente!

Eles foram em frente. Não de braços dados, ou de mãos dadas, ou trocando olhares brilhantes; mas ela em lágrimas; ele, sombrio e deprimido. Foram aqueles os corações que tão recentemente fizeram o velho Toby saltar de sua fraqueza? Não, não. O vereador (uma bênção em sua cabeça!) tinha acabado com eles.

— Como por acaso você está aqui — disse o vereador a Toby —, deve levar uma carta para mim. Pode ser rápido? Já é um homem velho.

Toby, que estava olhando para Meg, estupidamente, mudou de posição para murmurar que era muito rápido e muito forte.

— Quantos anos você tem? — perguntou o vereador.

— Tenho mais de sessenta anos, senhor — disse Toby.

— Oh! Este homem já ultrapassou em muito a idade média, você sabe — exclamou o sr. Filer, interrompendo, como se sua paciência suportasse alguma tentativa, mas isso realmente estava levando as coisas longe demais.

— Sinto que estou me intrometendo, senhor — disse Toby. — Eu — eu duvidei disso esta manhã. Oh, meu Deus!

O vereador o interrompeu, entregando-lhe a carta do bolso. Toby também receberia um xelim; mas o sr. Filer mostrou claramente que, nesse caso, roubaria um determinado número de pessoas de nove pence a meio penny, só receberia seis pence e que se achasse muito abastado por conseguir isso.

Então, o vereador deu um abraço em cada um

de seus amigos e saiu andando bem-disposto; mas voltou imediatamente correndo sozinho, como se tivesse esquecido algo.

— Mensageiro! — disse o vereador.

— Senhor! — disse Toby.

— Cuide dessa sua filha. Ela é muito bonita.

— Até mesmo a beleza dela foi roubada de alguém, imagino — pensou Toby, olhando para os seis pence em sua mão e pensando na dobradinha. — Não me surpreenderia que ela tivesse roubado um pouco de formosura de quinhentas damas juntas. É muito desagradável!

— Ela é bonita demais, meu caro — repetiu o vereador. — As chances são de que ela faça algo de errado, vejo claramente. Observe o que eu digo. Cuide dela! — Com isso, ele saiu correndo de novo.

— Errado em todos os sentidos. Está errado em todas as maneiras! — disse Trotty, apertando as mãos. — Nascido ruim. Nenhum interesse aqui!

Os carrilhões se chocaram com ele enquanto dizia essas palavras. Completo, alto e sonoro — mas sem nenhum incentivo. Não, nem uma gota.

— A melodia mudou — gritou o velho, enquanto ouvia. — Não há nenhuma palavra que me agrade nisso. Por que deveria haver? Não tenho nada com o ano novo nem com o antigo. Me deixem morrer!

Ainda assim, os carrilhões, repetindo suas mudanças, faziam o próprio ar girar. Acabe com eles, acabe com eles!

Bons velhos tempos, bons velhos tempos! Fatos e números, fatos e números! Acabe com eles, acabe com eles! Se eles falaram alguma coisa, disseram isso, até que o cérebro de Toby cambaleou.

Ele pressionou sua cabeça confusa entre as mãos, como se quisesse evitar que se partisse em pedaços. Uma ação oportuna, porque o fez encontrar a carta em uma delas e ser lembrado de sua tarefa. Mecanicamente, saiu em seu trote habitual.

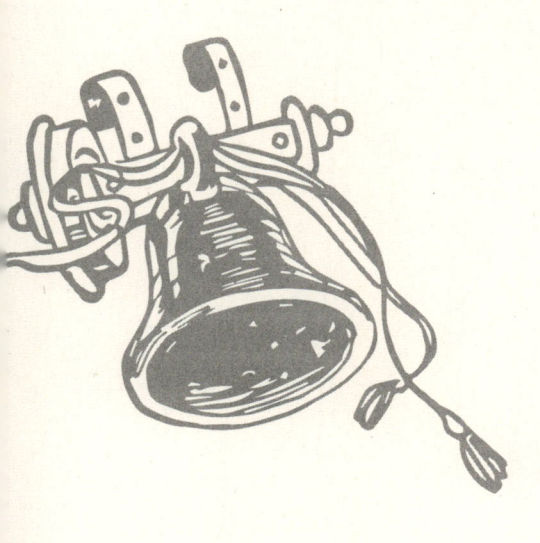

CAPÍTULO 2

Segundo Quarto

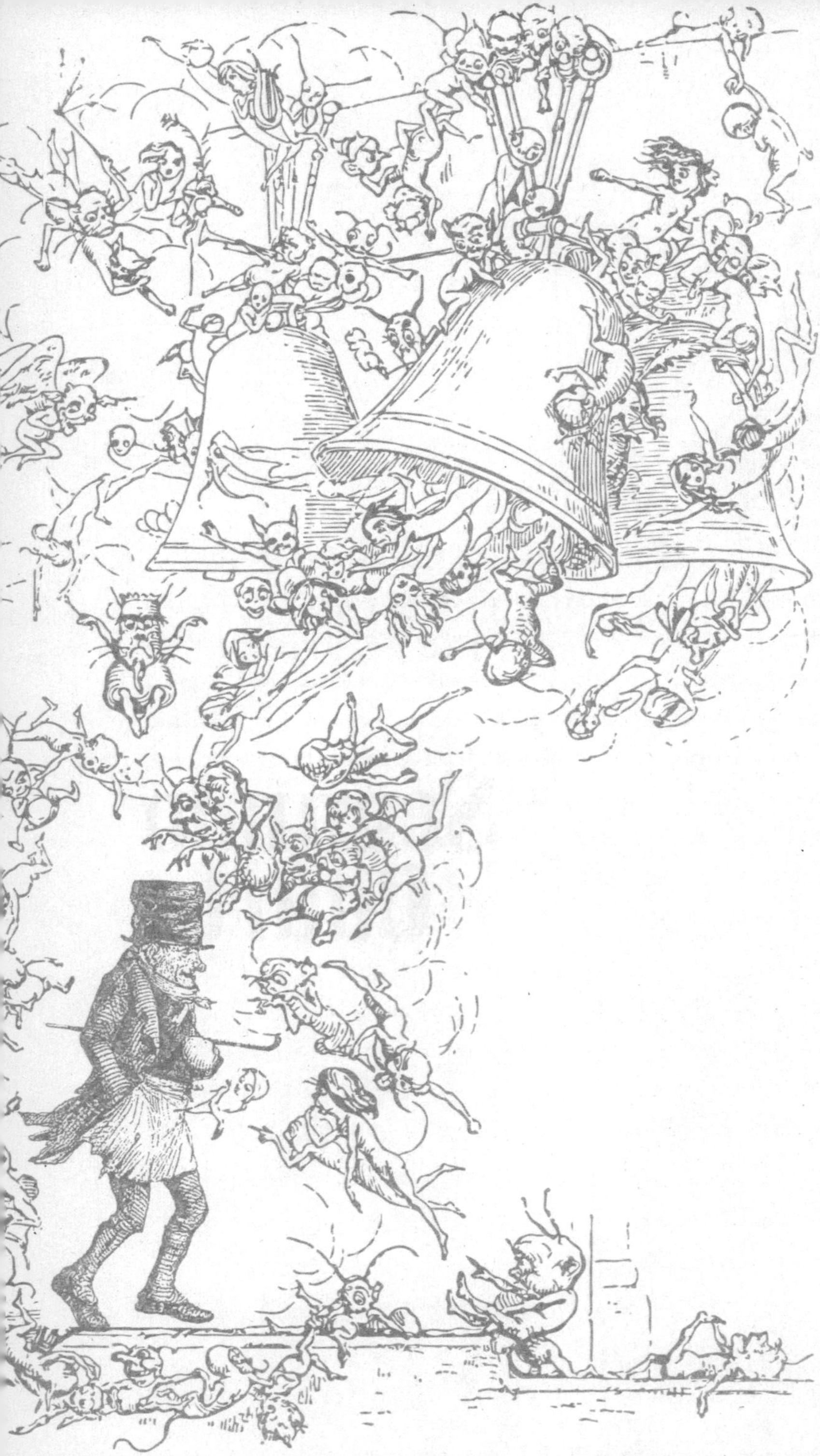

A carta que Toby recebeu do vereador Cute era endereçada a um grande homem no nobre distrito da cidade. O mais elegante de todos. Era o maior distrito da cidade, comumente chamado de "o mundo" por seus habitantes. A carta parecia mais pesada na mão de Toby do que qualquer outra. Não porque o vereador a tivesse selado com um brasão muito grande e com excesso de cera, mas por causa do nome na inscrição, e da enorme quantidade de ouro e prata com a qual estava associada.

"Quão diferente de nós!", pensou Toby, com toda a simplicidade e seriedade, enquanto olhava para o endereço. "Divida as tartarugas vivas nas contas da mortalidade pelo número de cavalheiros capaz de comprá-las; que parte caberia a ele senão a sua! Quanto a arrancar a dobradinha da boca de qualquer pessoa — isso ele rejeitaria!"

Como homenagem involuntária a um personagem tão exaltado, Toby interpôs um canto de seu avental entre a carta e os dedos.

— Seus filhos — disse Trotty, e uma névoa surgiu diante

de seus olhos. — Suas filhas — os cavalheiros podem ganhar seus corações e se casarem com elas; podem ser esposas e mães felizes; podem ser bonitas como minha querida Me...

Ele não conseguiu terminar o nome. A letra final inchou em sua garganta, do tamanho de todo alfabeto.

"Não importa", pensou Trotty. "Eu sei o que quero dizer. Isso é mais do que suficiente para mim." E, com essa ruminação consoladora, continuou trotando.

Houve uma geada forte naquele dia. O ar estava estimulante, fresco e puro. O sol de inverno, embora impotente para aquecer, olhava intensamente para o gelo. Estava muito fraco para derretê-lo, porém, estabelecia uma glória radiante ali. Em outras ocasiões, Trotty poderia ter aprendido uma lição de homem pobre com o sol invernal; mas ele já havia passado disso.

O ano estava velho, naquele dia. O paciente Ano tinha vivido as censuras e abusos de seus caluniadores, e fielmente havia executado sua obra. Primavera, verão, outono e inverno. Tinha trabalhado durante o curso destinado, e agora deitava sua cabeça cansada para morrer. Excluído de esperança, de alto impulso, de felicidade ativa em si, mas mensageiro ativo de muitas alegrias para os outros, fez um apelo em seu declínio para que seus dias de labuta e suas horas pacientes fossem lembrados para morrer em paz. Trotty poderia ter lido a alegoria de um homem pobre no ano que se esvai; mas ele já havia passado disso.

E só ele? Ou apelo semelhante já tinha sido feito,

por setenta anos de uma vez na cabeça de um trabalhador inglês, e feito em vão!

As ruas estavam movimentadas e as lojas alegremente enfeitadas. O novo ano, como um infante herdeiro em todo o mundo, era esperado, com boas-vindas, presentes e alegrias. Havia livros e brinquedos para a data, bugigangas brilhantes, vestidos, esquemas de sorte; novas invenções para seduzi-lo. Sua vida era parcelada em almanaques e livros de bolso; a vinda de suas luas, estrelas e marés era conhecida de antemão até o momento; todo o funcionamento de suas estações, em seus dias e noites, fora calculado com tanta precisão quanto o sr. Filer poderia trabalhar somas em homens e mulheres.

O novo ano, o novo ano. Em todos os lugares o novo ano! O ano velho já era considerado morto; e seus efeitos estavam vendendo barato, como algum marinheiro afogado a bordo. Seus padrões eram do ano passado, e estavam indo para um sacrifício, antes que seu fôlego acabasse. Seus tesouros eram mera sujeira ao lado das riquezas de seu sucessor por nascer!

Trotty não tinha parte, a seu ver, no novo ano ou no velho.

"Acabe com eles, acabe com eles! Fatos e números, fatos e números! Bons velhos tempos, bons velhos tempos! Acabe com eles, acabe com eles!" — seu trote ia nessa medida, e não se ajustaria a nada mais.

Mas, por mais melancólico que fosse, seu trote o levou,

no devido tempo, ao fim de sua jornada. Para a mansão de sir Joseph Bowley, membro do Parlamento.

A porta foi aberta por um porteiro. Que porteiro! Não era da ordem de Toby. Outra coisa bem diferente. Seu lugar era o ingresso; não de Toby.

Este porteiro ofegou profundamente antes de falar; tendo respirado, saindo incautamente de sua cadeira, sem primeiro parar para pensar e compor sua mente. Quando ele encontrou sua voz — o que levou muito tempo a fazer, pois era um longo caminho e escondido sob uma carga de carne —, disse em um sussurro gordo:

— De quem é?

Toby respondeu.

— Você mesmo deve entregá-la — falou o porteiro, apontando para uma sala no final de uma longa passagem, abrindo a partir do corredor.

— Tudo vai direto, nesta época do ano. Você chegou na hora; pois a carruagem está na porta agora, eles chegaram da cidade só há algumas horas, a propósito.

Toby enxugou os pés (que já estavam bem secos) com muito cuidado e seguiu o caminho indicado; observando enquanto andava que era uma casa terrivelmente grande, mas silenciosa e coberta, como se a família estivesse no campo. Batendo na porta da sala, disseram-lhe para entrar; e, ao fazer isso, encontrou-se em uma espaçosa biblioteca, onde, em uma mesa repleta de arquivos e papéis, havia uma dama majestosa com um chapéu; e um cavalheiro não muito majestoso de preto que escrevia de seu ditado; enquanto outro, um cavalheiro mais velho e muito mais majestoso, cujo chapéu e bengala estavam sobre a mesa, andava para lá e para cá, com uma mão no peito, olhando complacentemente, de vez em quando, sua própria imagem — de corpo inteiro; muito comprida — pendurada sobre a lareira.

— O que é isso? — perguntou o cavalheiro. — Sr. Fish, o senhor terá a bondade de atender?

O Sr. Fish pediu perdão e, pegando a carta de Toby, entregou-a com grande respeito.

— Do vereador Cute, sir Joseph.

— Isso é tudo? Não tem mais nada, mensageiro? — perguntou sir Joseph.

Toby respondeu negativamente.

— Você não tem nenhuma conta ou exigência para mim — meu nome é Bowley, sir Joseph Bowley — de qualquer espécie, enviada por qualquer pessoa? — disse sir Joseph. — Se tiver, apresente-a. Há um talão de cheques ao lado do sr. Fish. Não permito que nada seja levado para o novo ano. Todas as espécies de contas são liquidadas nesta casa no final do ano velho. Desta forma, se a morte surgisse para... Para...

— Cortar — sugeriu o sr. Fish.

— Para romper, senhor — retornou sir Joseph, com grande aspereza —, o cordão da existência — meus negócios seriam encontrados, espero, em um estado de preparação.

— Meu caro sir Joseph! — disse a senhora, que era muito mais jovem que o cavalheiro. — Que chocante!

— Minha senhora Bowley — retornou sir Joseph, distraindo-se, de vez em quando, como se estivesse mergulhado em grande profundidade nas suas observações —, nesta época do ano devemos pensar em — em nós mesmos. Devemos olhar para nossas — nossas contas. Deveríamos perceber que todo retorno de um período tão agitado em transações da vida humana envolve uma questão profunda entre um homem e seu — e seu banqueiro.

Sir Joseph pronunciou essas palavras como se sentisse toda a moralidade do que estava dizendo; e desejava que até Trotty tivesse a oportunidade de ser aperfeiçoado por tal discurso. Possivelmente, ele tinha esse fim diante dele, ainda abstendo-se de quebrar o selo da carta, e de dizer a Trotty para esperar onde estava por um minuto.

— Você queria que o sr. Fish dissesse, minha senhora... — observou sir Joseph.

— Sr. Fish disse isso, creio eu — retornou a dama, olhando para a carta. — Mas, sob minha palavra, sir Joseph, acho que não posso deixar passar, afinal. É muito cara.

— O que é cara? — perguntou sir Joseph.

— Essa caridade, meu amor. Eles permitem apenas dois votos para uma assinatura de cinco libras. Realmente monstruoso!

— Minha senhora Bowley — respondeu sir Joseph —, causa-me surpresa. O luxo do sentimento é proporcional ao número de votos; ou é, para uma mente corretamente constituída, proporcional ao número de candidatos, e ao estado de espírito saudável ao qual sua angariação os reduz? Não há empolgação do tipo mais puro em ter dois votos para dispor entre cinquenta pessoas?

— Não para mim, eu reconheço — respondeu a senhora. — É entediante. Além disso, não se pode ajudar alguém conhecido. Mas você é amigo dos pobres, sir Joseph, pensa o contrário.

— *Sou* o amigo do homem pobre — observou sir Joseph, olhando para o pobre presente. — Como tal, posso ser provocado. Como tal, sou insultado. Mas não peço outro título.

— Abençoe-o por ser um nobre cavalheiro! — pensou Trotty.

— Não concordo com Cute aqui, por exemplo — disse sir Joseph, estendendo a carta.

— Não concordo com a festa de Filer. Não concordo com nenhuma das partes. Meu amigo, o homem pobre não tem nada a ver com qualquer coisa desse tipo, e nada desse tipo de coisa tem a ver com ele. Meu amigo, o homem pobre, no meu distrito, é problema meu. Nenhum homem ou grupo de homens tem o direito de interferir. Esse é o terreno que eu uso. Eu assumo um — um caráter paternal. Eu digo: "Meu bom amigo, vou tratá-lo paternalmente".

Toby ouviu com muita gravidade e começou a se sentir mais confortável.

— Seu único negócio, meu bom amigo — prosseguiu sir Joseph, olhando distraidamente para Toby. — Seu único negócio na vida é comigo. Você não precisa se preocupar em pensar em nada. Pensarei por você; eu sei o que é bom para você; sou seu pai perpétuo. Tal é a dispensação de uma Providência onisciente! Agora, o projeto da sua criação não estabelece que deva se empanturrar, se embebedar e associar seus prazeres, brutalmente, à comida. — Toby pensou com remorso na dobradinha. — Você deve sentir a dignidade do trabalho. Siga em frente e ereto, sentindo o ar alegre da manhã, e — e pare por aí. Viva com firmeza e temperança, seja respeitoso, exercite sua abnegação, crie sua família com quase nada, pague seu aluguel tão regularmente quanto o relógio bate, seja pontual em suas obrigações (eu lhe dou um bom exemplo; você encontrará o sr. Fish, meu secretário confidencial, sempre com um cofre à sua frente); e pode confiar em mim para ser seu amigo e pai.

— Bons filhos, de fato, sir Joseph! — disse a senhora, estremecendo. — Reumatismos, febres, pernas tortas, asma e todos os tipos de horrores!

— Minha senhora — respondeu sir Joseph, com solenidade —, não é por menos que sou o amigo e o pai do pobre homem. Não é por menos que ele receberá incentivo de minhas mãos. A cada trimestre ele é colocado em comunicação com o sr. Fish. Todo dia de Ano-Novo, eu e meus amigos vamos beber a sua saúde. Uma vez por ano, eu e meus amigos o abordamos com o sentimento mais profundo. Uma vez em sua vida, ele poderá até receber; em público, na presença dos nobres, uma bagatela de um amigo. E quando, não mais sustentado por esses estimulantes e pela dignidade do trabalho, afundar em seu túmulo confortável, então, minha senhora — aqui sir Joseph assoou o nariz —, serei um amigo e um pai — nos mesmos termos – para seus filhos.

Toby ficou muito comovido.

— Oh! Você tem uma família agradecida, sir Joseph! — exclamou sua esposa.

— Minha senhora — disse sir Joseph, de forma bastante majestosa —, a ingratidão é conhecida por ser o pecado dessa classe. Não espero outro retorno.

"Ah! Nasceu mal!", pensou Toby. "Nada nos dissolve."

— O que o homem pode fazer, *eu* faço — prosseguiu sir Joseph. — Eu cumpro meu dever como amigo e pai do homem pobre; e eu me esforço para educar sua mente, ensinando em todas as ocasiões a grande lição moral que essa classe requer. Ou seja, dependência total de mim. Eles não têm nenhum negócio qualquer que seja com — com eles mesmos. Se pessoas perversas e desonestas lhes disserem o contrário, tornam-se impacientes e descontentes e são culpadas de conduta insubordinada e ingratidão mal-intencionada; o que é, sem dúvida, o caso; sou seu amigo e pai ainda. É tão determinado. Está na natureza das coisas.

Com esse grande sentimento, ele abriu a carta do vereador; e a leu.

— Muito educado e atencioso, tenho certeza! —

exclamou sir Joseph. — Minha senhora, o vereador é tão prestativo em lembrar-me que teve "a distinta honra" — ele é muito bom — de me conhecer na casa de nosso amigo em comum, Deedles, o banqueiro; e faz o favor de perguntar se eu seria favorável a acabar com Will Fern.

— *Muito* favorável! — respondeu a senhora Bowley. — O pior homem entre eles! Ele cometeu um roubo, certo?

— Ora, não — disse sir Joseph, referindo-se à carta. — Não exatamente. Muito próximo. Não exatamente. Ele veio a Londres, ao que parece, para procurar emprego (tentando melhorar a si mesmo — essa é a história dele) e, sendo encontrado à noite dormindo em um galpão, foi levado sob custódia e conduzido na manhã seguinte diante do vereador, o qual observa (muito corretamente) que está determinado a acabar com esse tipo de coisa; e se eu for favorável a suprimir Will Fern, ele ficará feliz em fazê-lo.

— Que ele seja certamente um exemplo — respondeu a senhora. — No inverno passado, quando eu introduzi perfuração e colocação de ilhós para os homens e meninos da aldeia, como uma ocupação para uma noite agradável, mandei musicar estes versos para que cantassem no novo sistema:

Ó, vamos amar nossas ocupações,
Abençoe o cavaleiro e suas relações,
Viva diariamente de nossas rações,
E sempre conheça nossas posições.

Este mesmo Fern... Eu o vejo agora... Tocou seu chapéu e disse:

— Eu humildemente peço seu perdão, minha senhora, mas *não* sou diferente de uma ótima garota?

— Eu presumia isso, claro; não se pode esperar nada, exceto insolência e ingratidão, daquela classe de pessoas! Esse não é o propósito, entretanto. Sir Joseph! Faça um exemplo dele!

— Bem! — tossiu sir Joseph. — Sr. Fish, se você tiver a bondade de atender...

O Sr. Fish imediatamente pegou sua caneta e escreveu a partir do ditado de sir Joseph.

"Confidencial. Meu caro senhor. Estou muito grato a você por sua cortesia na questão do homem William Fern, de quem, lamento acrescentar, nada posso dizer de favorável. Tenho invariavelmente me considerado como amigo e pai dele, mas fui retribuído (um caso comum, lamento dizer) com ingratidão e oposição constante aos meus planos. Ele é turbulento e de espírito rebelde. Seu caráter não suportará investigação. Nada vai persuadi-lo a ser feliz quando puder. Nestas circunstâncias, parece-me que, quando ele vier diante de você novamente (como você me informou que ele prometeu fazer amanhã, enquanto se aguardam as investigações, e acho que ele pode ser confiável até agora), sua confinação por um curto período como vagabundo seria um serviço à sociedade, e um exemplo salutar em um país onde — por causa daqueles que são, por meio de boas e más notícias, os amigos e pais dos pobres, bem como tendo em vista que, de modo geral, às próprias classes equivocadas — exemplos são muito necessários. E eu sou...", e assim por diante.

— Parece — observou sir Joseph quando assinou a carta, e o sr. Fish a selou — como se isso fosse determinado: realmente. No fechamento do ano, encerro minha conta e acerto o meu saldo, mesmo com William Fern!

Trotty, que tinha recaído há muito tempo e estava desanimado, deu um passo à frente com uma expressão pesarosa para pegar a carta.

— Com meus cumprimentos e agradecimentos — disse sir Joseph. — Pare!

— Pare! — repetiu o sr. Fish.

— Você ouviu, talvez — disse sir Joseph, profeticamente —, certas observações às quais me deixei conduzir, referentes ao período solene a que chegamos, e ao dever que nos foi imposto de resolver nossos negócios e estarmos preparados. Você observou que eu não me protejo atrás da minha posição superior na sociedade, mas aquele sr. Fish — aquele cavalheiro — tem um talão de cheques à mão, e está de fato aqui para me permitir virar uma página perfeitamente nova e entrar na época diante de nós com uma conta limpa. Agora, meu amigo, você pode colocar sua mão sobre seu coração e dizer que também fez preparativos para um ano novo?

— Eu receio, senhor — gaguejou Trotty, olhando humildemente para ele —, que estou um, um — um pouco atrasado com o mundo.

— Atrás do mundo! — repetiu sir Joseph Bowley, em um tom de terrível clareza.

— Receio, senhor — vacilou Trotty —, que há uma questão de dez ou doze xelins devidos à sra. Chickenstalker.

— Para a sra. Chickenstalker! — repetiu sir Joseph, no mesmo tom de antes.

— Uma loja, senhor — exclamou Toby —, de artigos gerais. Também um — um pouco de dinheiro por conta do aluguel. Muito pouco, senhor. Não devia estar em atraso, eu sei, mas temos sido duramente levados a isso, de fato!

Sir Joseph olhou para sua senhora, para o sr. Fish e para Trotty, um após o outro, duas vezes ao todo. Ele então fez um gesto desanimado ao mesmo tempo com as duas mãos, como se desistisse de tudo.

— Que homem, mesmo entre esta raça imprudente e impraticável; um homem velho; um homem grisalho; pode olhar um ano novo de frente, com seus negócios nesta condição; como ele pode se deitar em sua cama à noite, e levantar-se de manhã, e — pronto! — disse ele, virando as costas para Trotty. — Pegue a carta. Pegue a carta!

— Gostaria muito que fosse diferente, senhor — disse Trotty, ansioso para se desculpar. — Fomos muito pressionados.

Sir Joseph ainda estava repetindo "Pegue a carta, pegue a carta!" e o sr. Fish não só repetia a mesma coisa como dava força adicional ao pedido, levando o mensageiro para a porta, que não tinha nada a fazer a não prestar reverência e sair da casa. Na rua, o pobre Trotty enfiou seu velho chapéu usado na cabeça, para esconder o pesar que sentia por não conseguir acompanhar o Ano-Novo em nenhum lugar.

Nem mesmo tirou o chapéu para olhar para a torre do sino quando chegou à velha igreja em seu retorno. Parou ali por um momento, por hábito: e sabia que estava escurecendo, e que um campanário se erguia acima dele, indistinto e fraco, no ar turvo. Sabia, também, que os carrilhões tocariam imediatamente; e que soavam à sua fantasia, em tal momento, como vozes nas nuvens. Mas apenas se apressou em entregar a carta do vereador e sair do caminho antes que começassem; pois ele temia ouvi-los rotulando "Amigos e Pais, Amigos e Pais" para o fardo que haviam passado recentemente.

Toby se eximiu de sua missão, portanto, com toda a velocidade possível, e partiu trotando de volta para casa. Mas com seu ritmo, que na melhor das hipóteses era um pouco estranho na rua; e com aquele chapéu, que não o melhorava em nada; ele trotou contra alguém em pouquíssimo tempo, e foi enviado cambaleante para a estrada.

— Peço desculpas! — disse Trotty perplexo, tirando o chapéu, que mais parecia uma colmeia, ajustando o forro rasgado e o recolocando na cabeça. — Espero não ter machucado você.

Quanto a machucar alguém, Toby não era um Sansão absoluto, era muito mais provável que se machucasse; de fato, voara para a estrada, como uma peteca. Ele tinha tal opinião de sua própria força, no entanto, que estava realmente preocupado com a outra parte, e disse novamente:

— Espero não ter machucado você!

O homem contra o qual ele havia trombado — bronzeado, musculoso, de aparência campestre, com cabelos grisalhos e um queixo áspero — olhou para ele por um momento, como se suspeitasse que estivesse brincando. Mas, satisfeito com sua boa-fé, respondeu:

— Não, amigo. Você não me machucou.

— Nem a criança, espero? — disse Trotty.

— Nem a criança — respondeu o homem. — Agradeço gentilmente.

Ao dizer isso, olhou para a menininha que carregava em seus braços, adormecida. Protegendo seu rosto com a ponta comprida do lenço pobre que usava no pescoço, continuou andando lentamente.

O tom em que ele agradeceu penetrou no coração de Trotty. Aquele homem parecia estar tão cansado, com os pés sujos da viagem, tão desamparado e estranho, que era um consolo poder agradecer a qualquer um, por pouco que seja. Toby ficou olhando enquanto ele caminhava pesadamente para longe, com o braço da criança agarrado ao pescoço.

Trotty ficou observando, cego para a rua inteira, aquela figura com sapatos surrados — agora simples sombra —, perneiras de couro áspero, traje comum e chapéu largo e desleixado, com o braço da criança agarrado ao seu pescoço.

Antes de mergulhar na escuridão, o viajante parou, olhou ao redor e viu Trotty ainda parado ali. Parecia indeciso se deveria voltar ou seguir em frente. Depois de tentar seguir, voltou, e Trotty foi até a metade do caminho para encontrá-lo.

— Pode me dizer, talvez — disse o homem com um sorriso fraco —, e se puder, tenho certeza de que o fará, por isso prefiro perguntar a você do que a qualquer outro — onde mora o vereador Cute?

— Aqui perto — respondeu Toby. — Vou lhe mostrar a casa dele com prazer.

— Eu deveria estar com ele em outro lugar amanhã — disse o homem, acompanhando Toby —, mas estou desconfortável sob suspeita, e quero me limpar, e ser livre para ir buscar meu pão — não sei onde. Então, talvez ele perdoe minha ida à casa dele esta noite.

— É impossível — gritou Toby, assustado — que seu nome seja Fern!

— É! — gritou o outro, virando-se para ele com espanto.

— Fern! Will Fern! — disse Trotty.

— Esse é o meu nome — respondeu o outro.

— Ora, então — disse Trotty, agarrando-o pelo braço e olhando cautelosamente em volta —, pelo amor de Deus, não vá até ele! Não vá até ele! Ele vai acabar com você tão certo quanto você nasceu. Aqui! Venha até este beco, e eu vou lhe explicar o que quero dizer. Não vá até *ele*.

Seu novo conhecido parecia que o considerava

louco; mas, mesmo assim, lhe fez companhia. Quando estavam abrigados para não serem vistos, Trotty disse a ele o que sabia e de que natureza tinha recebido, e tudo sobre isso.

O sujeito ouviu com uma calma que o surpreendeu. Ele não o contradisse ou interrompeu nenhuma vez. Acenava com a cabeça de vez em quando — mais em corroboração de uma história antiga e desgastada, ao que parecia, do que como uma refutação dela; e uma ou duas vezes jogou seu chapéu para trás e passou a mão sardenta pelo rosto, onde cada sulco que lavrara na terra parecia ter deixado ali sua imagem em miniatura. Mas não fez mais nada do que isso.

— É verdade, essencialmente — disse ele. — Mestre, eu poderia apurar algumas informações aqui e ali, mas deixe que seja assim. Quais são as chances? Fui contra seus planos; para o meu infortúnio. Não posso evitar; eu deveria fazer a apreciação amanhã. Quanto ao caráter, os cavalheiros vão pesquisar e investigar, bisbilhotar e espionar, e não acharão manchas ou máculas, mas só depois disso dirão uma boa palavra! Bem! Espero que eles não percam a boa opinião tão facilmente quanto nós, caso contrário suas vidas serão duras e dificilmente valerão a pena manter. Para mim, mestre, nunca tomei com esta mão — segurando-a diante dele — o que não era meu; e nunca a retive do trabalho, por mais duro ou mal pago que fosse. Quem puder negar isso que corte! Mas, quando o trabalho não é capaz de me manter como uma criatura humana; quando minha vida é tão ruim que me deixa com fome, fora e dentro de casa; quando vejo todo trabalho começar assim, continuar e terminar assim, sem chance de mudança; então eu digo aos cavalheiros: "Fiquem longe de mim! Deixem minha casa em paz. Minhas portas estão escuras o suficiente sem que vocês a assombrem ainda mais. Não me procurem no parque para o show quando houver um aniversário, ou um bom discurso, ou sei lá. Façam suas jogadas sem mim, sejam bem-vindos e aproveitem. Não temos nada a ver um com o outro. É melhor me deixarem em paz!".

Vendo que a criança em seus braços tinha aberto os olhos e estava olhando para ele maravilhada, o homem conteve-se e deixou de dizer uma ou duas palavras de tagarelice tola em seu ouvido antes de colocá-la no chão ao seu lado. Em seguida, enrolando lentamente uma de suas longas madeixas em volta do indicador áspero como um anel, enquanto ela se pendurava em sua perna empoeirada, ele disse a Trotty:

— Não sou um homem intransigente por natureza, acredito; e facilmente satisfeito, tenho certeza. Não tenho má vontade contra nenhum deles. Eu só quero viver como uma das criaturas do Todo-poderoso. Eu não posso — eu não — e então há um fosso cavado entre mim e os que podem e fazem. Existem outros como eu. Vocês podem repreendê-los às centenas e aos milhares, uns mais cedo do que outros.

Trotty sabia que falava a verdade nisso e balançou a cabeça para significar o mesmo.

— Eu tenho um nome ruim por aqui — disse Fern; — E não é provável, receio, que vá melhorar. Não é lícito estar indisposto, e *eu estou* indisposto, embora Deus saiba que eu teria um espírito alegre, se pudesse. Bem! Eu não sei se esse vereador poderia me machucar muito me mandando para a prisão; mas, sem um amigo para falar uma palavra por mim, ele pode fazer isso; e você vê! — apontando para baixo com o dedo, para a criança.

— Ela tem um rosto lindo — disse Trotty.

— Ora, sim! — respondeu o outro em voz baixa, enquanto gentilmente a erguia com ambas as mãos na direção dele, olhando-a com firmeza. — Já refleti sobre isso muitas vezes. Eu pensei sobre isso quando minha lareira estava muito fria e o armário muito vazio. Pensei também outra noite, quando fomos tidos como dois ladrões. Mas eles — eles não deveriam atormentar esse rostinho com frequência, deveriam, Lilian? Isso não é justo para um homem!

Ele afundou sua voz tão baixo, e olhou para ela com um ar tão estranho, que Toby, para desviar a corrente de seus pensamentos, indagou se sua esposa estava viva.

— Eu nunca tive uma — respondeu, balançando a cabeça. — Ela é filha do meu irmão, uma órfã. Nove anos de idade, embora você dificilmente imagine isso; mas está cansada e esgotada agora. Eles teriam cuidado dela, a União — a treze quilômetros de distância de onde vivemos —, entre quatro paredes (como cuidaram do meu velho pai quando ele não podia mais trabalhar, embora não os tenha incomodado por muito tempo); mas eu a levei, e ela vive comigo desde então. A mãe teve uma amiga uma vez, aqui em Londres. Estamos tentando encontrá-la, e também procurando trabalho; mas é um lugar grande. Deixa para lá. Mais espaço para andarmos, Lilly!

Encontrando os olhos da criança com um sorriso que derreteu Toby mais do que lágrimas, ele o cumprimentou.

— Eu nem sei o seu nome — disse ele —, mas eu abri meu coração, pois eu sou grato a você; por um bom motivo. Vou seguir o seu conselho e ficar longe desse...

— Juiz! — sugeriu Toby.

— Ah! — disse ele. Se esse é o nome que dão a ele... Esse juiz... Amanhã vou ver se há mais sorte a ser encontrada em algum lugar perto de Londres. Boa noite. Um feliz Ano-Novo!

— Fique! — gritou Trotty, segurando sua mão, enquanto relaxava seu aperto. — Fique! O Ano-Novo nunca poderá ser feliz para mim se nos separarmos assim. O Ano-Novo nunca poderá ser feliz se eu vir você e a criança vagando, não sabendo para onde, sem abrigo. Venha para casa comigo! Eu sou um homem pobre, vivo em um lugar pobre; mas posso lhes dar hospedagem por uma noite e não sentir falta de nada. Venha para casa comigo! Aqui! Vou levá-la! — gritou Trotty, levantando a criança. — Uma linda! Eu carregaria vinte vezes o peso dela e nunca sentiria. Diga-me se eu estiver indo rápido demais para você. Sou muito rápido. Eu sempre fui! — Trotty disse isso, andando na proporção de cerca de seis de seus passos de trote para cada passo de seu companheiro cansado; e ficou com as finas pernas tremendo por causa da carga que carregava.

— Ora, ela é tão leve — disse Trotty, trotando tanto em sua fala quanto em seu andar; pois não podia suportar ser agradecido e temia um momento de pausa. — Leve como uma pena. Mais leve que a pena de um pavão — muito mais leve. Aqui estamos nós e aqui vamos nós! Dobre a primeira virando à direita, Will, passe pela bomba, siga pela esquerda, bem em frente à editora. Aqui estamos nós e aqui vamos nós! Atravesse, tio Will, e preste atenção ao vendedor de tortas de rim na esquina! Aqui estamos e aqui vamos nós! Desça aos estábulos, tio Will, e pare na porta escura, com "T. Veck, Mensageiro" escrito em um quadro; aqui estamos nós e aqui vamos nós, e aqui estamos nós de fato, minha preciosa. Meg, surpresa!

Com essa palavra, Trotty, sem fôlego, colocou a criança diante de sua filha no meio do chão. A pequena visitante olhou para Meg e, não duvidando de nada naquele rosto, mas confiando em tudo que viu, correu para seus braços.

— Aqui estamos nós e lá vamos nós! — exclamou Trotty, correndo pela sala e sufocando audivelmente.

— Aqui, tio Will, aqui está a lareira, você sabe! Por que você não vem para o fogo? Oh, aqui estamos nós e aqui vamos nós! Meg, minha querida preciosa, onde está a chaleira? Aqui está e aqui vai, e ferverá em pouquíssimo tempo!

Trotty realmente pegara a chaleira em algum lugar no curso de sua correria confusa e agora a colocava no fogo; enquanto Meg, sentando a criança em um canto quente, se ajoelhava no chão diante dela, tirava seus sapatos e secava seus pés molhados em um pano. Sim, ela ria de Trotty também — tão agradavelmente, tão alegremente, que Trotty poderia tê-la abençoado onde estava ajoelhada; pois tinha visto que, quando eles entraram, Meg estava sentada perto do fogo em lágrimas.

— Ora, pai! — disse Meg. — Você está louco esta noite, eu acho. Não sei o que os carrilhões diriam sobre isso. Pobres pezinhos. Como eles estão frios!

— Oh, eles estão mais quentes agora! — exclamou a criança. — Eles estão bem aquecidos agora!

— Não, não, não — disse Meg. — Ainda não esfregamos a metade. Temos tanto que fazer. Tanto! Quando terminarmos, escovaremos os cabelos úmidos; depois vamos trazer um pouco de cor para o pobre rosto pálido com água fresca; e então estaremos alegres, revigorados e felizes!

A criança, em uma explosão de soluços, agarrou-a pelo pescoço; acariciou sua bela bochecha e disse:

— Oh, Meg! Oh, querida Meg!

A bênção de Toby não poderia ter feito mais. Quem poderia fazer mais?

— Ora, pai! — exclamou Meg, após uma pausa.

— Aqui estou e aqui vou, minha querida! — disse Trotty.

— Meu Deus! — exclamou Meg. — Ele está louco! Ele colocou o gorro da querida criança na chaleira, e pendurou a tampa atrás da porta!

— Eu não quis fazer isso, meu amor — disse Trotty, consertando apressadamente esse erro. — Meg, minha querida...

Meg olhou para ele e viu que ele havia se posicionado

primorosamente atrás da cadeira de seu visitante masculino, onde, com muitos gestos misteriosos, ele estava segurando os seis pence que tinha ganho.

— Eu vi, minha querida — disse Trotty —, quando estava entrando, quinze gramas de chá em algum lugar das escadas; e tenho certeza de que havia um pouco de bacon também. Como não me lembro onde estava exatamente, eu mesmo tentarei encontrá-los.

Com esse artifício inescrutável, Toby retirou-se para comprar as provisões de que havia falado, em dinheiro, na loja da sra. Chickenstalker; e logo voltou, fingindo que não tinha sido capaz de encontrá-los, a princípio, no escuro.

— Mas aqui estão, finalmente — disse Trotty, colocando as coisas para o chá —, tudo correto! Eu tinha certeza de que era chá, e mais bacon. E aqui está. Meg, meu anjo, se você fizer apenas o chá, enquanto seu indigno pai tosta o bacon, ficará tudo pronto imediatamente. É uma circunstância curiosa — disse Trotty, prosseguindo com sua culinária, com o auxílio do garfo de tostar —, curiosa, mas bem conhecida por meus amigos, que nunca me importo nem com bacon nem com chá. Eu gosto de ver outras pessoas comerem — disse Trotty, falando muito alto, para convencer seu convidado. — Para mim, são desagradáveis.

Ainda assim, Trotty cheirou o sabor do bacon sibilante — Ah! — como se ele gostasse; e, quando ele derramou a água fervendo no bule de chá, olhou amorosamente para as profundezas daquele caldeirão aconchegante, e permitiu que o vapor perfumado se enrolasse em seu nariz e envolvesse sua cabeça em uma espessa nuvem. No entanto, não comeu nem bebeu, exceto no início, um simples bocado por amor ao ritual, que parecia apreciar com infinito prazer, mas declarou que era perfeitamente desinteressante para ele.

Não. O desejo de Trotty era ver Will Fern e Lilian comerem e beberem; e o de Meg também. Nunca os espectadores de um jantar na cidade ou banquete na corte, podendo ser monarca ou papa, encontraram tanto prazer em ver os outros deliciando-se como aqueles dois naquela noite. Meg sorriu para Trotty, Trotty riu de Meg. Meg balançou a cabeça e bateu palmas, aplaudindo Trotty; Trotty transmitiu, em um show idiota, narrativas ininteligíveis de como e quando e onde ele havia encontrado seus visitantes a Meg; e estavam todos felizes. Muito felizes.

"Embora", pensou Trotty, tristemente, enquanto observava o rosto de Meg, "essa luta esteja interrompida, entendo!"

— Agora, vou lhe dizer uma coisa — disse Trotty depois do chá. — A pequena, ela dorme com Meg, sabe.

— Com a boa Meg! — exclamou a criança, acariciando-a. — Com Meg.

— Isso mesmo — disse Trotty. — E eu não deveria me perguntar se ela beija o pai da Meg, não é? Eu sou o pai da Meg.

Extremamente encantado, Trotty ficou, quando a criança se aproximou timidamente dele, e, depois de beijá-lo, recorreu a Meg novamente.

— Ela é tão sensata quanto Salomão — disse Trotty. —

Aqui vamos nós e aqui nós — não, não vamos — eu não quis dizer isso — eu — o que eu estava dizendo, Meg, minha preciosa?

Meg olhou para o convidado, que se recostou em sua cadeira, e com o rosto voltado para ela acariciou a cabeça da criança, meio escondida em seu colo.

— Com certeza — disse Toby. — Com certeza! Não sei sobre o que estou divagando esta noite. Meu juízo é sonhador, eu acho. Will Fern, você vem comigo. Você está morto de cansaço, e quebrado por falta de descanso. Você vem comigo. — O homem ainda brincava com os cachos da criança, ainda apoiado na cadeira de Meg, ainda com o rosto virado. Ele não falou, mas, em seus dedos ásperos e grossos, apertando e expandindo os cabelos louros da criança, havia uma eloquência que dizia o suficiente.

— Sim, sim — disse Trotty, respondendo inconscientemente ao que viu expresso no rosto de sua filha. — Leve-a com você, Meg. Leve-a para a cama. Vá! Agora, Will, vou lhe mostrar onde você descansa. Não é bem um lugar: apenas um sótão; mas, ter um sótão, eu sempre digo, é uma das grandes conveniências de viver em um estábulo; e, até que esta cocheira e este estábulo tenham um aluguel melhor, moramos aqui barato. Há muito feno doce lá em cima, pertencente a um vizinho; e é tão limpo quanto as mãos de Meg podem conseguir. Anime-se! Não desista. Um novo coração para um novo ano, sempre!

A mão liberada dos cabelos da criança havia caído, tremendo, nas mãos de Trotty. Então Trotty, falando sem parar, conduziu-o para fora com tanta ternura e facilidade como se ele próprio fosse uma criança. Voltando diante de Meg, ele ouviu por um instante à porta de seu pequeno quarto; um quarto adjacente. A criança murmurava uma oração simples antes de se deitar para dormir; e quando ela se lembrou do nome de Meg, "Cara, Cara" — assim lhe brotaram as palavras —, Trotty a ouviu parar e perguntar pelo nome dele.

Passou algum tempo antes que o velho tolo pudesse se recompor para ajeitar o fogo e puxar sua cadeira para a lareira quente. Mas, quando o fez e apagou a luz, tirou o jornal do bolso e começou a ler. Descuidadamente no início, e deslizando para cima e para baixo nas colunas; mas com uma atenção sincera e triste muito em breve.

Pois este mesmo jornal temido redirecionou os pensamentos de Trotty para o caminho que haviam tomado durante todo o dia, e para os eventos que haviam marcado e moldado tais caminhos. Seu interesse nos dois errantes o colocara em outro curso de pensamento, e um mais feliz, para a ocasião; mas, estando sozinho novamente, e lendo sobre os crimes e violências do povo, recaiu em sua antiga sequência.

Nesse clima, chegou a um relato (e não foi o primeiro que leu) de uma mulher que tinha colocado fim não apenas à sua vida, mas também na de seu filho pequeno. Um crime tão terrível, e tão revoltante para sua alma, dilatada com o amor de Meg, que ele largou o diário e caiu para trás em sua cadeira, horrorizado!

— Antinatural e cruel! — Toby gritou. — Antinatural e cruel! Ninguém, exceto pessoas que são ruins de coração, nascidas más, que não tenham propósitos na Terra, poderiam fazer tais atos. É tão verdade, tudo o que eu ouvi hoje; muito justo, muito cheio de provas. Nós somos maus!

Os carrilhões abafaram as palavras tão repentinamente e explodiram tão alto, claro, e sonoro que os sinos pareciam atingi-lo em sua cadeira.

E o que foi que eles disseram?

"Toby Veck, Toby Veck, esperando por você, Toby! Toby Veck, Toby Veck, esperando por você, Toby! Venha nos ver, venha nos ver, venha até nós, venha até nós, assombre e o arraste até nós, quebre seu descanso, quebre seu descanso! Toby Veck, Toby Veck, porta aberta, Toby, Toby Veck, Toby Veck, porta aberta, Toby" — depois, ferozmente de volta a sua tensão impetuosa, soou nos próprios tijolos e gesso nas paredes.

Toby ouviu. Fantasia, fantasia! Seu remorso por ter fugido deles naquela tarde! Não, não. Nada desse gênero. De novo e uma dúzia de vezes de novo. "Assombre e cace-o, assombre e cace-o, arraste-o até nós, arraste-o até nós! Ensurdecendo toda a cidade!"

— Meg — disse Trotty suavemente batendo na porta. — Você está ouvindo alguma coisa?

— Eu ouço os sinos, pai. Certamente eles estão muito barulhentos esta noite.

— Ela está dormindo? — disse Toby, dando uma desculpa para espiar.

— Tão pacificamente e feliz! Não posso deixá-la ainda, pai. Veja como ela segura minha mão!

— Meg — sussurrou Trotty. — Ouça os sinos!

Ela ouvia, com o rosto voltado para ele o tempo todo. Mas não sofreu nenhuma alteração. Ela não os entendeu.

Trotty retirou-se, voltou a sentar-se junto ao fogo e mais uma vez ouviu sozinho. Ele permaneceu ali um pouco de tempo.

Era impossível suportar, sua energia era terrível.

— Se a porta da torre estiver realmente aberta — disse Toby, pondo apressadamente de lado o avental, mas nunca pensando em seu chapéu —, o que me impede de subir ao campanário para me certificar? Se estiver fechada, eu não preciso de nenhuma outra prova. É o bastante.

Ele achava, quando saiu silenciosamente para a rua, de que deveria encontrá-la fechada e trancada, pois conhecia bem a porta, e tão raramente a tinha visto aberta que não poderia contar mais de três vezes. Era um portal baixo em arco, fora da igreja, em um recanto escuro atrás de uma coluna; e tinha dobradiças de ferro tão grandes e uma fechadura tão monstruosa que ocupavam mais espaço do que a própria porta.

Qual não foi o seu espanto quando, vindo sem o chapéu para a igreja, colocou a mão neste recanto escuro com certa apreensão de que poderia ser inesperadamente agarrado, por isso a propensão trêmula de retirá-la novamente, descobrindo que a porta, que se abria para fora, realmente estava entreaberta!

Ele pensou, surpreso, em voltar; ou conseguir uma

luz, ou uma companheira, mas sua coragem o ajudou imediatamente, e decidiu subir sozinho.

— O que tenho a temer? — disse Trotty. — É uma igreja! Além disso, os sineiros podem estar lá, e esqueceram de fechar a porta. — Então ele entrou, tateando o caminho enquanto andava, como um cego, porque estava muito escuro. E muito quieto, pois os carrilhões estavam em silêncio.

A poeira da rua tinha se espalhado pelo lugar; e ali, amontoada, havia se tornado tão macia e aveludada ao contato com os pés que até isso se mostrava assustador. A escada estreita era bem perto da porta e ele tropeçou logo no início. Para fechar a porta, teve de golpeá-la com o pé e, fazendo-a ricochetear pesadamente, não conseguiu abri-la novamente.

Esse foi outro motivo, entretanto, para continuar. Trotty tateou seu caminho e foi em frente. Para cima, para cima, para cima, e em volta, e em volta; e para cima, para cima, para cima; mais alto, mais alto, mais alto!

Era uma escada desagradável, por exigir aquele trabalho tateante; tão baixa e estreita que sua mão estava sempre tocando algo; e muitas vezes parecia muito ter ali um homem ou figura fantasmagórica em pé ereto, abrindo espaço para ele passar sem ser descoberto, fazendo-o esfregar a parede lisa para cima, enquanto um formigamento frio o arrepiava todo. Duas ou três vezes, uma porta ou um nicho quebrava a monotonia da superfície; e então surgia uma área tão ampla como toda a igreja; ele se sentia à beira de um abismo, como se fosse cair de cabeça para baixo, até que encontrava a parede novamente.

Ainda para cima, para cima, para cima; e voltas e voltas; e para cima, para cima, para cima; mais alto, mais alto, mais alto!

Por fim, a atmosfera monótona e sufocante começou a refrescar; em seguida, sentia-se muito vento; ele agora soprava com tanta força que Toby mal conseguia manter-se nas pernas. Mas chegou a uma janela em arco na torre, na altura do peito, e, segurando firme, olhou para os topos das casas, para a fumaça das chaminés, para o borrão e a mancha de luzes (em direção ao lugar onde Meg estava, imaginando onde o pai teria ido e chamando por ele talvez), todos amassados juntos em um fermento de névoa e escuridão.

Ali era o campanário, aonde os sineiros vinham. Ele tinha agarrado uma das cordas desgastadas que pendiam pelas aberturas no telhado de carvalho. A princípio, pareceu-lhe cabelos; então tremeu só de pensar em acordar o sino profundo. Os próprios sinos estavam mais altos. Mais alto, Trotty, em seu fascínio, ou em elaborar o feitiço sobre ele, tateou seu caminho. Pelas escadas agora, e com esforço, pois era íngreme e não muito segura para os pés.

Para cima, para cima, para cima; escalar e escalar; para cima, para cima, para cima; mais alto, mais alto, mais alto!

Até que, subindo e parando com a cabeça erguida acima das vigas, ele saiu entre os sinos. Quase não era possível distinguir suas grandes formas na escuridão; mas lá estavam eles. Sombrios, escuros e insensíveis.

Uma forte sensação de medo e solidão caiu instantaneamente sobre ele enquanto subia neste ninho arejado de pedra e metal. Sua cabeça girava e girava. Ele ouviu, e então exclamou um selvagem "oláááááá", lamentavelmente prolongado pelos ecos.

Tonto, confuso, sem fôlego e assustado, Toby olhou vagamente ao redor e caiu desmaiado.

CAPÍTULO 3

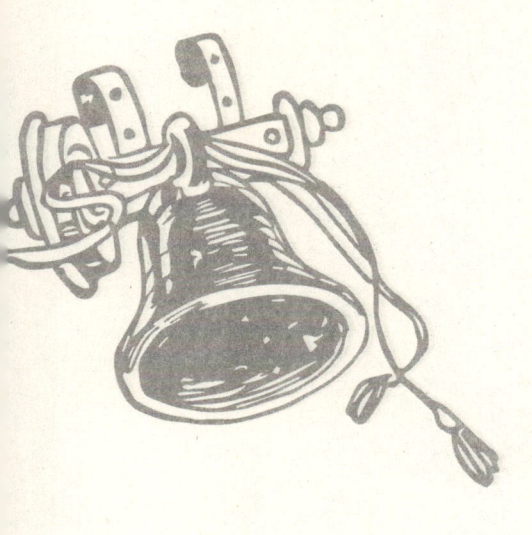

Terceiro
Quarto

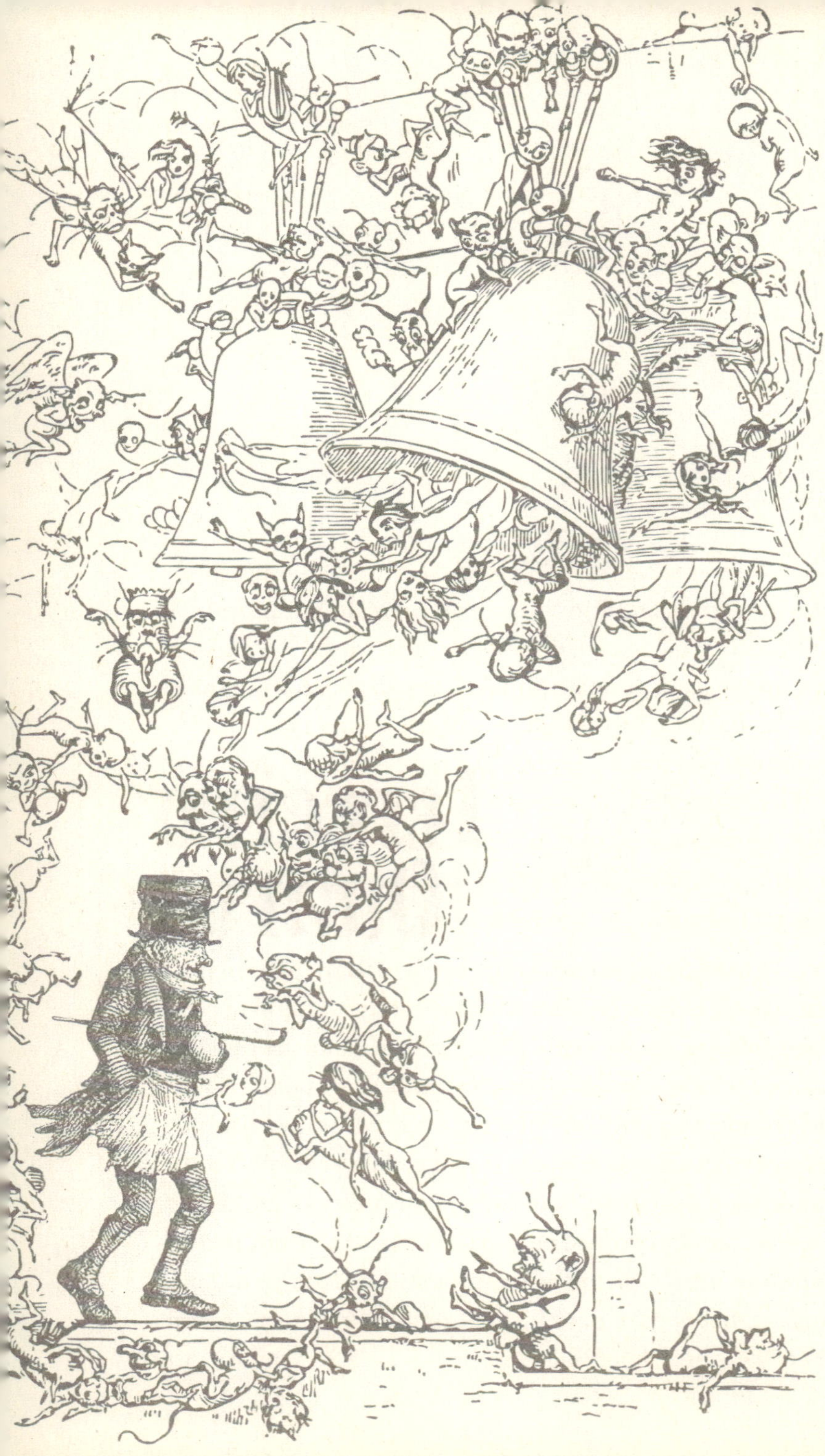

Negras são as nuvens taciturnas e turbulentas sobre águas profundas quando o mar do pensamento, arfando após a calmaria, desiste de seus mortos. Monstros rudes e selvagens surgem prematuramente, ressurreição imperfeita; as várias partes e formas de coisas diferentes são unidas e misturadas por acaso; e quando, como e em que grau maravilhoso cada uma se separa das outras, e cada sentido da mente retoma sua forma usual e vive novamente, nenhum homem — embora todo homem seja a cada dia o depósito desse grande mistério — o pode dizer.

Então, quando e como a escuridão da torre negra como a noite mudou para uma luz brilhante; quando e como a torre solitária foi povoada por uma infinidade de figuras; quando e como o sussurrado "Assombrar e caçar", respirado monotonamente durante o sono ou desmaio, tornou-se uma voz exclamando nos ouvidos despertos de Trotty "Quebre seu descanso"; quando e como ele deixou de ter uma ideia lenta e confusa de que tais coisas existiam, acompanhando uma série de outras que não existiam; não há datas ou meios para contar. Mas, acordado e de pé sobre as pranchas onde havia recentemente estado, ele viu esta visão fantasmagórica.

Viu a torre, para onde seus passos encantados o levaram, fervilhando de anões, fantasmas, espíritos, criaturas élficas dos sinos. Ele os viu pulando, voando, caindo, surgindo dos sinos sem pausa. Viu as criaturas ao seu redor no chão; acima, no ar; escalando pelas cordas abaixo; olhando para ele pelas enormes vigas de ferro; espreitando-o por meio das fendas e brechas nas paredes; espalhando-se e afastando-se em círculos cada vez maiores, como ondas formadas na água quando uma pedra enorme de repente cai. Ele os viu, de todos os aspectos e formas. Ele os viu feios, bonitos, aleijados, primorosamente formados. Toby os viu jovens, velhos, bondosos, cruéis, alegres, sombrios; ele os viu dançar, e os ouviu cantar; os viu arrancar os cabelos e os ouviu uivar. Viu o ar denso com eles. E os viu ir e vir, incessantemente. Descendo, subindo, navegando para longe, empoleirados perto, todos inquietos e violentamente ativos. Pedra, tijolo, ardósia e telha tornaram-se transparentes. Ele os viu nas casas, nas camas dos que dormiam. Toby os viu acalmando as pessoas em seus sonhos; batendo neles com chicotes; gritando em seus ouvidos; tocando uma música suave em seus travesseiros; alegrando alguns com o canto dos pássaros e o perfume das flores; e também exibindo rostos horríveis no descanso perturbado dos outros, dos espelhos encantados que carregavam nas mãos.

Ele viu essas criaturas, não apenas entre os homens adormecidos, mas também entre acordados, ativas em perseguições irreconciliáveis entre si, e possuindo ou assumindo as naturezas mais opostas. Viu um curvando-se em inúmeras asas para aumentar sua velocidade; outro carregando correntes e pesos para retardar o ritmo. Ele observou alguns avançando os ponteiros dos relógios, outros colocando os ponteiros para trás, alguns se esforçando para parar o relógio inteiramente. Também os viu representando aqui uma cerimônia de casamento, ali um funeral; nesta câmara uma eleição, naquela um baile, por toda parte, um movimento inquieto e incansável.

Perplexo com a multidão de figuras inconstantes e extraordinárias, bem como com o tumulto dos sinos, que durante todo o tempo estavam tocando, Trotty agarrou-se a um pilar de madeira para se apoiar e girou seu rosto branco aqui e ali, mudo e atordoado.

Enquanto olhava, os carrilhões pararam. Mudança instantânea! O enxame inteiro desmaiou! Suas formas colapsaram, a velocidade os abandonou; eles procuraram voar, mas caíram, morreram e derreteram no ar. Nenhuma nova forma os sucedeu. Um retardatário saltou rapidamente da superfície do grande sino e pousou em seus pés, mas ele estava morto e se foi antes que pudesse se virar. Alguns poucos da última companhia que haviam cabriolado na torre permaneceram lá, girando repetidamente um pouco mais; mas se tornaram a cada passo mais tênues, poucos, fracos, e logo seguiram o caminho do resto. O último de todos foi um pequeno corcunda, que tinha entrado em um canto com ecos, onde ele girou e girou, flutuou sozinho por um longo tempo, mostrando uma perseverança que, por fim, diminuiu para uma perna e até mesmo para um pé, antes de finalmente se retirar; mas ele também desapareceu e, finalmente, a torre ficou em silêncio.

Então, e não antes, Trotty viu em cada sino uma figura barbada do tamanho e da estatura do sino — incompreensivelmente, uma figura e o próprio sino. Gigantesca, séria e sombriamente vigilante, enquanto estava enraizado no chão.

Figuras misteriosas e terríveis! Descansando em nada; pairando no ar noturno da torre, com suas cabeças encapuzadas fundidas no teto escuro; imóveis e sombrias. Sombrias e escuras, embora ele as visse por alguma luz que irradiava delas — ninguém mais estava lá —, cada uma com sua mão amortecida em sua boca de duende.

Ele não podia mergulhar descontroladamente pela abertura no chão; pois todo poder de movimento o tinha abandonado. Caso contrário, teria feito — sim, teria se jogado, de ponta-cabeça, do topo da torre, em vez de assistir a aqueles olhos fitando-o, embora as pupilas tivessem sido retiradas.

Mais uma vez, mais uma vez, o pavor e o terror do lugar solitário, e da noite selvagem e assustadora que reinava lá, o tocavam como uma mão espectral. A distância que o separava de qualquer ajuda; o longo e escuro caminho sinuoso assediado por fantasmas que se estendia entre ele e a Terra em que os homens viviam; estar lá em cima, no alto, alto, alto, onde ver os pássaros voando durante o dia já o deixava tonto; isolado de todas as pessoas boas, que àquela hora estavam seguras em casa e dormindo em suas camas; tudo isso o atingiu friamente, não como um reflexo, mas como uma sensação corporal. Enquanto isso, seus olhos, pensamentos e medos fixaram-se nas figuras vigilantes; que, diferentemente de quaisquer criaturas deste mundo, pela profunda escuridão e sombra que as envolviam, bem como por suas formas e flutuação sobrenatural acima do chão, eram, no entanto, tão claramente visíveis como os robustos quadros de carvalho, travessas, barras e vigas, ali colocados para apoiar os sinos. Estes os cercavam em uma floresta de madeira talhada; das complicações, complexidades e profundidades das quais, como entre os ramos de uma madeira morta arruinados por seu uso fantasma, mantinham a vigilância sombria e alerta.

Uma rajada de ar — que frio e estridente! — veio gemendo pela torre. À medida que desaparecia, o grande sino, ou o gnomo do grande sino, falou.

— Que visitante é esse? — disse. A voz era baixa e profunda, e Trotty imaginou que soasse nas outras figuras também.

— Pensei que meu nome tivesse sido chamado pelos sinos! — disse Trotty, levantando as mãos em uma atitude de súplica. — Eu mal sei por que estou aqui, ou como vim. Escuto os sinos por muitos anos. Eles sempre me aplaudiram.

— E você agradeceu a eles? — disse o sino.

— Mil vezes! — gritou Trotty.

— Como?

— Sou um homem pobre — hesitou Trotty — e só pude agradecê-los com palavras.

— E sempre assim? — perguntou o gnomo do sino. — Você nunca nos fez mal com as palavras?

— Não! — gritou Trotty ansiosamente.

— Nunca nos cometeu maldade, falsidade e perversidade com as palavras? — prosseguiu o gnomo do sino.

Trotty estava prestes a responder "Nunca!", mas parou e ficou confuso.

— A voz do tempo — disse o fantasma — clama ao homem "Avance"! O tempo é para o seu avanço e melhoria; para obter maior valor, felicidade, uma vida melhor; para seu progresso em direção ao objetivo traçado dentro de seu conhecimento e visão, e definido no período em que o tempo e Ele principiaram. Idades de escuridão, maldade e violência vieram e se foram — incontáveis milhões sofreram, viveram e morreram — para apontar o caminho diante do homem. Quem quer impedi-lo de manter seu curso detém um motor poderoso que atingirá o intrometido; e será o mais feroz e o mais selvagem, sempre, por sua resistência momentânea!

— Nunca fiz isso que eu soubesse, senhor — disse Trotty. — Foi quase acidental se o fiz. Eu não faria isso, tenho certeza.

— Quem põe na boca do tempo, ou de seus servos — disse o duende do sino —, um grito de lamentação por dias de provação e de fracasso deixa traços tão profundos que os cegos podem ver — um grito que só serve ao tempo presente, mostrando aos homens quanto ele precisa de ajuda quando qualquer ouvido pode escutar lamentações pelo passado —, quem faz isso comete um erro. E você fez isso para nós, os carrilhões.

O primeiro excesso de medo de Trotty se foi. Mas ele se sentira com ternura e gratidão pelos sinos, como ficou evidente; e, quando ele se viu acusado de ofendê-los tão pesadamente, seu coração foi tocado com penitência e tristeza.

— Se você soubesse — disse Trotty, juntando as mãos sinceramente —, ou talvez você saiba — se você soubesse quantas vezes me fez companhia; quantas vezes me animou quando eu estava deprimido; como era o brinquedo da minha filhinha Meg (quase o único que ela já teve) quando sua mãe morreu e nos deixou sozinhos; você não tomaria como malícia uma palavra precipitada!

— Quem ouve em nós, os carrilhões, uma nota denotando desrespeito, ou consideração severa de qualquer esperança, ou alegria, ou dor, ou tristeza da multidão amargurada; quem nos ouve responder a qualquer credo que mede as paixões e afetos humanos, assim como mede a quantidade de comida miserável com a qual a humanidade pode definhar e murchar; nos faz mal. Que mal você nos fez! — disse o sino.

— Eu o fiz! — disse Trotty. — Oh, me perdoe!

— Quem nos ouve ecoar os vermes sombrios da terra, os abatedores de naturezas esmagadas e quebradas, formadas para serem erguidas mais alto do que tais vermes podem rastejar ou conceber — prosseguiu o gnomo do sino; — Quem faz isso nos faz mal. E você nos fez mal!

— Não queria fazer isso — disse Trotty. — Na minha ignorância. Foi sem querer!

— Por último, e acima de tudo — prosseguiu o sino. — Quem vira as costas para os caídos e desfigurados de sua espécie; os abandona como vis; e não os segue e rastreia com olhos compassivos o precipício não cercado pelo qual caíram os de bem — agarrando em sua queda alguns tufos e fragmentos daquele solo perdido, e apegando-se a eles ainda quando machucado e morrendo no precipício abaixo; faz mal ao céu e ao homem, ao tempo e à eternidade. E você fez esse mal!

— Poupe-me! — gritou Trotty, caindo de joelhos; — Pelo amor de Deus!

— Ouça! — disse a sombra.

— Ouça! — gritaram as outras sombras.

— Ouça! — disse uma voz clara e infantil, que Trotty pensou ter reconhecido como tendo ouvido antes.

O órgão soou fracamente na igreja abaixo. Aumentando gradualmente de volume, a melodia ascendeu ao telhado e preencheu o coro e a nave. Expandindo-se mais e mais, subiu, subiu; acima, acima; superior, mais alto, mais alto; despertando corações agitados dentro das enormes pilhas de carvalho; os sinos ocos, as portas com revestimento de ferro, as escadas de pedra maciça; até que as paredes da torre se tornaram insuficientes para contê-lo, e o som disparou para o céu.

Não é de se admirar que o peito de um velho não conseguisse conter um som tão vasto e poderoso. Partiu daquela prisão fraca em uma torrente de lágrimas; e Trotty colocou as mãos na frente do rosto.

— Ouça! — disse a sombra.

— Ouça! — disseram as outras sombras.

— Ouça! — disse a voz da criança.

Uma tensão solene de vozes mescladas subiu na torre.

Era uma tensão muito baixa e triste — um hino fúnebre — e, enquanto ouvia, Trotty ouviu sua filha entre os cantores.

— Ela está morta! — exclamou o velho. — Meg está morta! Seu espírito me chama. Eu ouvi isso!

— O espírito de sua filha lamenta os mortos e se mistura a eles — esperanças mortas, fantasias mortas, sonhos da juventude mortos — replicou o sino —, mas ela está viva. Aprenda com a vida dela, que é uma verdade legítima. Aprenda com a criatura mais querida ao seu coração como nascem os maus. Veja cada botão e folhas arrancadas uma a uma do caule mais bonito, e saiba como pode ser nu e miserável. Siga-a! Até o desespero!

Cada uma das figuras sombrias esticou o braço direito para a frente e apontou para baixo.

— O espírito dos carrilhões é seu companheiro — disse a figura.

— Vá! Ele está atrás de você!

Trotty se virou e viu — a criança! A criança que Will Fern carregou na rua; a criança que Meg tinha assistido, mas, agora, adormecida!

— Eu mesmo a carreguei esta noite — disse Trotty. — Nestes braços!

— Mostre-lhe como chama a si mesmo — disseram as figuras sombrias, todas.

A torre abriu a seus pés. Ele olhou para baixo e viu seu corpo deitado no fundo, do lado de fora, esmagado e imóvel.

— Não sou mais um homem vivo! — exclamou Trotty. — Morto!

— Morto! — disseram as figuras todas juntas.

— Gracioso céu! E o ano novo...

— É passado — disseram as figuras.

— O quê! — ele gritou, estremecendo. — Eu errei meu caminho e, ao sair da torre no escuro, caí... Um ano atrás?

— Nove anos atrás! — responderam as figuras.

Ao darem a resposta, eles retiraram suas mãos estendidas e, onde havia figuras, agora só estavam os sinos.

E eles tocaram; a hora deles chegou novamente. E, mais uma vez, uma vasta multidão de fantasmas surgiu; mais uma vez, estavam engajados de maneira incoerente, como antes; uma vez novamente, desapareceram com a parada dos sinos; e definharam a nada.

— O que são? — perguntou ao seu guia. — Se não estou louco, o que é isso?

— Espíritos dos sinos. O som deles no ar — respondeu a criança. — Eles assumem essas formas e ocupações como esperanças e pensamentos dos mortais, são as lembranças que eles armazenaram.

— E você — disse Trotty descontroladamente. — O que você é?

— Silêncio, silêncio! — devolveu a criança. — Olhe aqui!

Em uma sala pobre e mesquinha, trabalhando no mesmo tipo de bordado que costumava ver muitas vezes, Meg, sua própria e querida filha, apareceu à sua vista. Ele não fez nenhum esforço para beijá-la; nem para abraçá-la com seu coração amoroso; sabia que tais carinhos não eram mais para ele. Mas prendeu a respiração trêmula e afastou as lágrimas que o cegavam, para que pudesse vê-la; para que ele pudesse apenas olhar para ela.

Ah! Como havia mudado. A luz dos olhos claros, quão esmaecida. O vigor, como desapareceu da bochecha. Linda como sempre fora, mas a esperança, a esperança, oh... Onde estava a esperança que falava com ele como uma voz?

Ela ergueu os olhos do trabalho para uma companheira. Seguindo seus olhos, o velho recuou.

Na mulher adulta, ele a reconheceu de relance. No longo cabelo sedoso, viu os mesmos cachos; em torno dos lábios, a expressão da criança ainda persistia. Vejam! Nos olhos, agora inquestionavelmente virados sobre Meg, ele reconheceu a expressão vista quando ela examinava a filha no momento em que a trouxe para casa!

Mas, então, quem era esta que estava ao seu lado?

Olhando com admiração para seu rosto, viu algo reinando ali: algo elevado, indefinido e indistinto, o que tornava pouco mais do que uma lembrança daquela criança — como aquela figura poderia ser —, mas era a mesma, a mesma, e usava o vestido.

Ouça. Estavam falando!

— Meg — disse Lilian, hesitando. — Quantas vezes você levanta a cabeça de seu trabalho para olhar para mim?

— Meus olhares estão tão alterados a ponto de assustar você? — perguntou Meg.

— Não, querida! Mas você sorri para si mesma! Por que não sorri quando olha para mim, Meg?

— Eu faço isso. Não é? — ela respondeu, sorrindo.

— Agora você sorri — disse Lilian —, mas normalmente não. Quando você pensa que estou ocupada e não a vejo, parece tão ansiosa e duvidosa que quase não gosto de levantar os olhos. Há poucos motivos para sorrir nesta vida difícil e cansativa, mas você já foi tão alegre.

— Não estou agora?! — gritou Meg, falando em um tom de estranho alarme, e se levantando para abraçá-la. — Eu torno nossa vida ainda mais cansativa para você, Lilian?!

— Você tem sido a única coisa que faz com que isso seja vida — disse Lilian, beijando-a com fervor. — Às vezes, a única coisa que me faz querer viver, Meg. Tanto trabalho, tanto trabalho! Tantas horas, tantos dias, tantas longas, longas noites de trabalho sem esperança, triste e sem fim — não para acumular riquezas, não para viver grandiosamente ou alegremente, não para viver o suficiente, por mais grosseiro que seja; mas para ganhar o básico pão; para juntar apenas o suficiente; para trabalhar, desejar e manter viva entre nós a consciência de nosso difícil destino! Oh, Meg, Meg! — ela ergueu a voz e cruzou os braços enquanto falava, como se estivesse sofrendo. — Como o mundo cruel pode olhar essas vidas e seguir dando voltas?

— Lilly! — disse Meg, acalmando-a e afastando seus cabelos do rosto molhado. — Ora, Lilly! Você, tão linda e tão jovem!

— Oh, Meg! — ela interrompeu, segurando-a pelo braço e implorando com o olhar.

— O pior de tudo, o pior de todos! A velhice bate à porta, Meg! Ela murcha, encolhe e liberta dos pensamentos terríveis que nos tentam na juventude!

Trotty se virou para olhar para o guia. Mas o espírito da criança havia fugido. Tinha desaparecido.

Nem ele próprio permaneceu no mesmo lugar; pois sir Joseph Bowley, amigo e pai dos pobres, realizava uma grande festa no Bowley Hall, em homenagem ao dia de nascimento de Lady Bowley. E como Lady Bowley nasceu no dia de Ano-Novo (que os jornais locais consideraram uma indicação especial do dedo da Providência para o número um, como a figura destinada à Lady Bowley na criação), era no dia de Ano-Novo que acontecia essa festa.

Bowley Hall estava cheio de visitantes. O cavalheiro de rosto vermelho estava lá, o sr. Filer também, o grande vereador Cute estava lá — ele tinha uma simpatia por grandes pessoas, e melhorara consideravelmente seu conhecimento com sir Joseph Bowley por força de sua carta atenciosa.

De fato, havia se tornado um grande amigo da família desde então — e de muitos convidados lá presentes. O fantasma de Trotty estava lá, vagando, pobre fantasma, tristemente; e procurando por seu guia.

Haveria um grande jantar no salão principal, no qual sir Joseph Bowley, em sua célebre personagem de amigo e pai dos pobres, faria um grande discurso. Certos pudins de ameixa deviam ser comidos por seus amigos e filhos em outro salão primeiro; e, a um determinado sinal, amigos e filhos reunidos com seus pais formariam uma assembleia familiar, sem nenhum olhar viril ali afetado pela emoção.

Mas havia mais do que isso para acontecer. Muito mais do que isso. Sir Joseph Bowley, baronete e membro do Parlamento, jogaria uma partida de boliche — boliche de verdade — com seus inquilinos!

— O que me lembra bastante — disse o vereador Cute — dos dias do velho Rei Hal, o robusto Rei Hal, o franco Rei Hal. Ah! Belo personagem!

— Muito — disse o sr. Filer secamente. — Por se casar com mulheres e assassiná-las. Aliás, consideravelmente mais do que o número médio de esposas.

— Você vai se casar com as belas garotas, e não as matar, não é? — disse o vereador Cute para o herdeiro de Bowley, de 12 anos. — Doce menino! Agora teremos este pequeno cavalheiro no Parlamento — disse o vereador, segurando-o pelos ombros e parecendo o mais reflexivo que podia —, antes de sabermos onde estamos. Vamos ouvir sobre seus sucessos na votação, seus discursos na Câmara, suas propostas de governos, suas brilhantes realizações de todos os tipos. Ah! Faremos as nossas pequenas orações a seu respeito no conselho comum, serei obrigado; antes de termos tempo para olhar sobre nós!

"Oh, a diferença de sapatos e meias!", Trotty pensou. Mas seu coração ansiava pela

criança, pelo amor daqueles mesmos meninos descalços e sem meias, predestinados (pelo vereador) a acabar mal, que poderiam ter sido os filhos da pobre Meg.

— Richard — gemeu Trotty, vagando entre as pessoas de um lado para o outro; — Onde ele está? Não consigo encontrar Richard! Onde está Richard? Provavelmente não está aqui, se ainda estiver vivo! — Mas a tristeza e a solidão de Trotty o confundiram; e ele ainda vagava entre o galante público, à procura de seu guia, dizendo: — Onde está Richard? Mostre-me Richard!

Ele estava assim vagando quando encontrou o sr. Fish, o secretário confidencial, em grande agitação.

— Abençoe meu coração e alma! — exclamou o sr. Fish. — Onde está o vereador Cute? Alguém viu o vereador?

"Viu o vereador? Oh céus!" Quem poderia deixar de ver o vereador? Ele era tão atencioso, tão afável, acreditava tanto no desejo natural das pessoas em vê-lo que, se tivesse um defeito, seria estar constantemente à vista. E onde quer que as grandes pessoas estivessem, com certeza, atraídas pela gentil solidariedade entre grandes almas, estava Cute.

Várias vozes gritaram que ele estava no círculo em torno de sir Joseph. O sr. Fish foi até lá; o encontrou e o levou secretamente para uma janela próxima. Trotty juntou-se a eles. Não por vontade própria. Ele sentiu que seus passos foram conduzidos nessa direção.

— Meu caro vereador Cute — disse o sr. Fish. — Um pouco mais para esse lado. A mais terrível circunstância ocorreu. Recebi neste momento a informação. Acho que vai ser melhor não contar ao sir Joseph até o dia acabar. Você que entende sir Joseph me dará sua opinião. O acontecimento mais terrível e deplorável!

— Fish! — respondeu o vereador. — Fish! Meu bom amigo, qual é o problema? Nenhuma coisa revolucionária, espero! Nenhuma — nenhuma tentativa de interferência com os magistrados?

— Deedles, o banqueiro — ofegou o secretário. — Deedles Brothers — que deveria estar aqui hoje —, alto cargo na Goldsmiths' Company...

— Não, pare! — exclamou o vereador. — Não pode ser!

— Atirou em si mesmo.

— Bom Deus!

— Colocou uma pistola de cano duplo em sua boca, em seu próprio escritório de contabilidade — disse o sr. Fish — e explodiu seus miolos. Sem motivo. Circunstâncias principescas!

— Circunstâncias! — exclamou o vereador. — Um homem de nobre fortuna. Um dos mais respeitáveis homens. Suicídio, sr. Fish! Morto por suas próprias mãos!

— Hoje de manhã — replicou o sr. Fish.

— Oh, o cérebro, o cérebro! — exclamou o piedoso vereador, levantando as mãos. — Oh, os nervos, os nervos; os mistérios desta máquina chamada homem! Oh, o pouco que a desequilibra: pobres criaturas que somos! Talvez um jantar, sr. Fish. Talvez a conduta de seu filho, que, ouvi dizer, estava fora de controle, e tinha o hábito de cobrar contas sem a menor autoridade!

— Um homem muito respeitável. Um dos homens mais respeitáveis que já conheci! Um exemplo lamentável, sr. Fish. Uma calamidade pública! Farei questão de usar o luto mais profundo. Um homem muito respeitável! Mas há alguém acima de nós. Devemos nos submeter, sr. Fish. Devemos nos submeter!

— O quê, vereador! Nenhuma palavra de comentário mordaz? Lembre-se, juiz, sua elevada moral e orgulho. Vamos, vereador! Equilibre essa escala. Reconheça o peso do prato vazio, sem jantar, e a natureza de alguma pobre mulher, seca pela miséria e obstinada por reivindicar o que de direito tem sua descendência segundo a autoridade da santa mãe Eva. Pese bem, Daniel, pois irás a julgamento quando seu dia chegar! Pese, aos olhos de milhares de sofredores atentos à farsa sombria que você interpreta. Ou, supondo que se desviou de seu juízo — não devemos ir tão longe, mas pode ser — e colocou as mãos sobre a garganta, alertando seus companheiros (se você tiver algum) sobre como resmungam diante de corações feridos. E depois?

As palavras surgiram no peito de Trotty como se

tivessem sido ditas por alguma outra voz interior dele. O vereador Cute prometeu ao sr. Fish que o ajudaria a contar a melancólica catástrofe a sir Joseph quando o dia acabasse. Então, antes de se separarem, apertando a mão do sr. Fish com amargura na alma, ele disse: — O mais respeitável dos homens! — E acrescentou que ele mal sabia (nem mesmo ele) por que tais aflições eram permitidas na Terra.

— É quase o suficiente para fazer alguém pensar, se já não tivesse pensado — disse o vereador Cute —, que às vezes algum movimento de natureza invertida estava mudando as coisas, o que afetaria a economia e o tecido social. Deedles Brothers!

O jogo de boliche mostrou-se um imenso sucesso. Sir Joseph golpeou os pinos com bastante habilidade; o mestre Bowley, na sua vez, fez a uma distância mais curta; e todos disseram que agora, quando um baronete e o filho de um baronete jogavam boliche, o país estava voltando a crescer, tão rápido quanto podia ser.

Na hora certa, o banquete foi servido. Trotty involuntariamente se dirigiu ao salão com o resto, pois ele se sentiu conduzido para lá por algum impulso mais forte do que sua própria vontade. A visão era alegre ao extremo; as senhoras estavam muito bonitas, os visitantes encantados, alegres e bem-humorados. Quando as portas inferiores foram abertas, e as pessoas entraram em seus vestidos rústicos, a beleza do espetáculo chegou ao auge; mas Trotty apenas murmurou mais e mais "Onde está Richard? Ele deveria ajudá-la e confortá-la! Não consigo ver Richard!".

Alguns discursos foram feitos; e a saúde de Lady Bowley havia sido brindada; o senhor Joseph Bowley retribuiu os agradecimentos, fez seu grande pronunciamento, mostrando por várias evidências que ele era o amigo e pai nato, e assim por diante; e havia brindado, a seus amigos e filhos e à dignidade do trabalho, quando um ligeiro distúrbio na parte inferior do salão atraiu a atenção de Toby. Depois de alguma confusão, barulho e oposição, um homem abriu caminho e avançou sozinho.

Richard, não. Não. Mas alguém em quem Trotty havia pensado e procurado muitas vezes. Num menor suprimento de luz, poderia ter duvidado da identidade daquele homem desgastado, tão velho e cinza, inclinado; mas, com um clarão de lâmpadas sobre sua cabeça retorcida e atada, ele viu Will Fern assim que deu um passo à frente.

— O que é isso? — exclamou sir Joseph, levantando-se. — Quem deu entrada a este homem? É um criminoso da prisão! Sr. Fish, senhor, você terá a bondade...

— Um minuto! — disse Will Fern. — Um minuto! Minha senhora, a senhora nasceu neste dia com um novo ano. Dê-me um minuto de licença para falar.

Ela fez alguma intercessão por ele. Sir Joseph voltou a sentar-se, com dignidade natural.

O visitante maltrapilho — pois estava miseravelmente vestido — olhou em volta para o grupo e fez sua homenagem a eles com uma reverência humilde.

— Cavalheiros! — disse ele. — Os senhores bebem ao trabalhador. Olhem para mim!

— Acabou de sair da prisão — disse o sr. Fish.

— Acabei de sair da prisão — disse Will. — E não pela primeira vez, nem pela segunda, pela terceira, nem ainda pela quarta.

O sr. Filer comentou com irritação que quatro vezes estava acima da média; e ele deveria sentir vergonha de si mesmo.

— Cavalheiros! — repetiu Will Fern. — Olhem para mim! Os senhores veem que estou na pior. Para além de toda dor ou prejuízo, para além de sua ajuda; já que o tempo em que suas palavras gentis ou ações poderiam ter me feito bem — ele bateu com a mão no peito e balançou a cabeça — já se foi, juntamente com o cheiro de feijão ou de trevo deixado no ar pelo ano que terminou. Deixe-me dizer uma palavra sobre isso — apontando para as pessoas trabalhadoras no corredor. — Agora que se encontraram, ouçam a legítima verdade dita pela primeira vez.

— Não há um único homem aqui — disse o anfitrião — que o teria como porta-voz.

— Há o bastante, sir Joseph. Eu acredito. Não é menos verdade, talvez, o que eu digo. Talvez seja uma prova disso. Cavalheiros, vivi muitos anos neste lugar. Os senhores podem ver a casa deteriorada mais além. Eu já vi as mulheres a desenhá-lo em seus livros, uma centena de vezes. Parece que esse lugar fica bem em uma imagem, mas não há clima em pinturas; talvez seja mais adequado para um quadro do que para morar. Bem! Eu morei aqui. Quão difícil — quão duro, eu vivi, não vou dizer. Em qualquer dia do ano, em todos os dias, os senhores podem julgar por si próprios.

Ele falava como havia dito na noite em que Trotty o encontrou na rua. A voz dele era mais profunda e mais rouca, e tinha um tremor de vez em quando; mas nunca a levantou exageradamente; raramente a erguia acima do nível firme e severo dos fatos caseiros que declarava.

— É mais difícil do que vocês pensam, senhores, crescer decente, razoavelmente decente, em tal lugar. O fato de eu ter crescido como um homem, e não como um bruto, diz algo sobre mim — como eu era então. Como sou agora, não há nada que possa ser dito ou feito por mim. Eu superei isso.

— Fico feliz que este homem tenha entrado — observou sir Joseph, olhando em volta serenamente. — Não o perturbe. Parece ter sido mandado. Ele é um exemplo: um exemplo vivo. Eu espero e confio, e acredito que não passará despercebido aos meus amigos aqui.

— Eu me arrastei — disse Fern, após um momento de silêncio — de alguma forma. Nem eu nem qualquer outro homem sabe como; mas foi tão pesado que não conseguia expressar um rosto alegre, ou fingir que era diferente. Agora, senhores — vocês, senhores que estão presentes nas sessões —, quando veem um homem com descontentamento estampado no rosto, logo dizem uns aos outros "Ele é suspeito. Eu tenho minhas dúvidas", dizem isso sobre Will Fern. "Cuidado com aquele sujeito!" — não vou dizer, senhores, que isto não é natural, mas afirmo que seja lá o que Will Fern faça ou deixe de fazer — tudo — vai contra ele.

O vereador Cute enfiou os polegares nos bolsos do colete e recostou-se na cadeira. Sorrindo, piscou para um ilustre vizinho. Como dizendo: "Claro! Eu lhe disse. O choro comum! Deus o abençoe, estamos sujeitos todos a esse tipo de coisa — eu e a natureza humana".

— Agora, senhores — continuou Will Fern, estendendo as mãos e corando por um instante seu rosto abatido —, veja como suas leis são feitas para nos prender e nos caçar quando somos levados a isso. Se tento viver em outro lugar... Sou vagabundo. Prisão para ele! Eu então volto aqui. E vou comer em seus bosques. Quebro — quem não? — um ou dois galhos... Prisão para ele! Um de seus guardiões me vê no meio do dia, perto do meu próprio canteiro de jardim, com uma arma. Prisão para ele! Eu falo uma palavra de raiva natural para aquele homem quando sou solto... Prisão para ele! Eu corto um galho. Prisão para ele! Eu como uma maçã podre ou um nabo. Prisão para ele! São trinta quilômetros de distância; voltando para casa, eu mendigo na estrada. Prisão para ele! Por fim, o policial, o guarda — qualquer um — me encontra em qualquer lugar, fazendo qualquer coisa. Prisão para ele, pois ele é um vagabundo, e um conhecido pássaro da prisão; e a prisão é a única casa que ele tem.

O vereador acenou com a cabeça sagazmente, como quem dizia: "Um lar muito bom também!".

— Eu digo isso para servir à MINHA causa! — exclamou Fern. — Quem pode devolver minha liberdade, quem pode devolver meu bom nome, quem pode devolver minha sobrinha inocente? Nem todos os senhores e senhoras em toda a Inglaterra. Mas, senhores, senhores, lidando com outros homens como eu, comecem do lado certo. Deem-nos, com misericórdia, lares melhores quando estivermos deitados em nossos berços; Deem-nos comida melhor quando estivermos trabalhando por nossas vidas; Deem-nos leis mais gentis para nos trazer de volta quando estivermos errando; e não prisão, prisão, prisão, diante de nós, a todos os lugares que vamos. Não há uma condescendência que você possa mostrar ao trabalhador que ele não aceitará, tão pronto e tão grato quanto um homem pode ficar; pois tem um coração paciente, pacífico e disposto. Mas antes você deve colocar um espírito de dignidade nele; pois, se virar um desastre como eu, ou como um dos que estão aqui agora, seu espírito estará separado de vocês. Tragam-no de volta, senhores, tragam-no de volta! Tragam-no de volta, antes que chegue o dia em que até mesmo a *Bíblia* mude em sua mente alterada, e as palavras lhe parecerão significar, como às vezes eu li com aos meus próprios olhos — na prisão: "Para onde fores, não posso ir; onde tu alojas, não me hospedo; teu povo não é meu povo; nem teu Deus, meu Deus!".

Uma repentina desordem e agitação ocorreram no salão. Trotty pensou a princípio que vários haviam se levantado para expulsar o homem; e, portanto, essa mudança em sua aparência. Mas outro momento mostrou a ele que a sala e o grupo de pessoas haviam desaparecido de sua vista, e que sua filha estava novamente diante dele, sentada em seu trabalho. Em um sótão mais pobre e ainda mais mesquinho do que antes; e sem Lilian ao lado dela.

O bordador em que ela havia trabalhado foi colocado em uma prateleira e estava coberto. A cadeira em que tinha sentado fora virada contra a parede. Uma história foi escrita nessas pequenas coisas e no rosto cansado de Meg. Oh! Quem poderia deixar de lê-lo!

Meg fixou os olhos no trabalho até ficar escuro demais para ver os fios; e, quando a noite chegou, acendeu sua vela fraca e continuou trabalhando. Ainda assim, seu velho pai era invisível; olhando para ela; amando-a — como a amava ternamente! — e conversando com ela numa voz doce sobre os velhos tempos e os sinos. Embora ele soubesse, pobre Trotty, embora soubesse que ela não poderia ouvi-lo.

Uma grande parte da noite havia se passado quando alguém bateu em sua porta. Ela abriu. Um homem estava à porta. Um desleixado, temperamental, bêbado, perdido pela intemperança e pelo vício, com o cabelo emaranhado e barba por fazer em desordem selvagem; mas com alguns traços que mostravam ter sido um homem de boas proporções e boa feição em sua juventude.

Ele parou até que Meg desse permissão para que entrasse; e ela, afastando-se um passo ou dois da porta aberta, triste e em silêncio, olhou para ele. Trotty realizou seu desejo. Ele viu Richard.

— Posso entrar, Margaret?

— Sim! Entre. Entre!

Foi bom que Trotty o reconhecesse antes de ouvi-lo falar; pois, com qualquer dúvida remanescente em sua mente, a voz áspera e discordante o teria persuadido de que não era Richard, mas algum outro homem.

Havia apenas duas cadeiras na sala. Ela deu a ele a dela e ficou a uma curta distância, esperando para ouvir o que Richard tinha a dizer.

Ele se sentou, no entanto, olhando vagamente para o chão; com um sorriso sem brilho e estúpido. Um espetáculo de tão profunda degradação, de tão abjeta desesperança, de uma queda tão miserável, que ela colocou suas mãos diante de seu rosto e se afastou, para que ele não visse quanto isso a emocionava.

Despertado pelo farfalhar de seu vestido, ou algum som insignificante, o homem ergueu a cabeça e começou a falar como se não tivesse havido nenhuma pausa desde que entrou.

— Ainda está no trabalho, Margaret? Você trabalha até tarde?

— Geralmente sim.

— E cedo?

— E cedo.

— Foi o que ela disse. Falou que você nunca se cansa; ou que nunca reconhece que está cansada. Em todo o tempo que viveram juntas. Nem mesmo quando desmaiou, entre o trabalho e o jejum. Mas eu lhe disse isso, da última vez que vim.

— Você disse — ela respondeu. — E implorei que não me dissesse mais nada; você me fez uma promessa solene, Richard, de que nunca falaria.

— Uma promessa solene — repetiu ele, com uma

risada contagiante e um olhar vago. — Uma promessa solene. Com certeza. Uma promessa solene! — Despertando, por assim dizer, depois de um tempo; da mesma maneira que antes, ele disse com uma animação repentina:

— Como posso evitar, Margaret? O que devo fazer? Ela esteve comigo de novo!

— De novo! — exclamou Meg, apertando as mãos. — Oh, ela pensa em mim com tanta frequência! Ela esteve de novo!

— Mais de vinte vezes — disse Richard. — Margaret, ela me assombra. Vem atrás de mim na rua, e joga isso na minha mão. Eu ouço seus pés sobre as cinzas quando estou no trabalho (ha, ha! Isso não é frequente) e, antes que eu possa virar a cabeça, sua voz está no meu ouvido, dizendo: "Richard, não olhe ao redor. Pelo amor de Deus, dê isso a ela!". Ela leva isso para onde eu moro, ela manda em cartas; ela bate na janela e a coloca no parapeito. O que eu posso fazer? Olhe só!

Ele estendeu a mão e mostrou uma pequena bolsa, em seguida folheou o dinheiro que ela continha.

— Esconda isso — disse Meg. — Esconda isso! Quando ela voltar, diga, Richard, que eu a amo em minha alma. Que nunca me deito para dormir sem orar por ela. Que, no meu trabalho solitário, nunca deixo de tê-la em meus pensamentos. Que está comigo noite e dia; que, se eu morresse amanhã, me lembraria dela com meu último suspiro. Mas que não posso olhar para isso!

Ele lentamente se lembrou de sua mão e, amassando a bolsa, disse com uma espécie de consideração:

— Eu disse isso a ela. Eu disse isso a ela, tão claro quanto as palavras poderiam ser. Levei esse presente de volta e o deixei em sua porta, uma dúzia de vezes desde então. Mas, quando ela finalmente veio e ficou diante de mim, cara a cara, o que eu poderia fazer?

— Você a viu! — exclamou Meg. — Você a viu! Lilian, minha doce menina! Lilian, Lilian!

— Eu a vi — ele continuou a dizer, não como resposta apenas, mas engajado na mesma lenta busca de seus próprios pensamentos. — Lá estava ela: tremendo!

— Como ela está, Richard? Está mais magra? Meu antigo lugar à mesa: o que há no meu antigo lugar? E o bastidor em que ela me ensinou nosso antigo trabalho — ela o queimou, Richard?

— Lá estava ela. Eu a ouvi dizer isso.

Meg controlou os soluços e, com as lágrimas escorrendo dos olhos, inclinou-se sobre ele para ouvir. Para não perder uma palavra.

Com os braços apoiados nos joelhos e inclinando-se para a frente em sua cadeira, como se as palavras estivessem escritas no chão em algum caractere meio legível, que cabia a ele decifrar e conectar, ela continuou:

— Richard, eu caí muito baixo; você pode imaginar quanto sofri por receber isso de volta, quanto tive de suportar por trazê-lo em minhas mãos. Mas você a amou uma vez, mesmo na minha memória, muito. Outros se colocaram entre vocês; medos, ciúmes, dúvidas e vaidades o afastaram dela; mas você a amava, mesmo em minha memória!

— Suponho que sim — disse ele, interrompendo por um momento. — Eu a amei! Isso não está nem aqui nem ali.

— Ó, Richard, se você já a amou, se tiver alguma lembrança do que se foi e se perdeu, leve-o para ela mais uma vez. Uma vez mais! Diga como eu coloquei minha cabeça em seu ombro, onde a própria cabeça dela poderia estar, e fui tão humilde, Richard. Diga que você olhou no meu rosto e viu que a beleza que ela costumava elogiar se foi; tudo se foi; e, em seu lugar, uma pobre, pálida bochecha vazia, que ela choraria ao ver. Conte tudo a ela e leve isso de volta; ela não recusará novamente. Não conseguirá!

Ele ficou sentado meditando e repetindo as últimas palavras, até que acordou novamente e se levantou.

— Você não vai aceitar, Margaret?

Ela balançou a cabeça e fez um gesto suplicante para que a deixasse.

— Boa noite, Margaret.

— Boa noite!

Richard se virou para olhá-la, atingido por sua tristeza, e talvez pela pena de si mesmo, a ponto de fazer tremer sua voz. Foi uma ação rápida e, por um momento, algum lampejo de seu antigo porte se acendeu em sua forma. Em seguida, partiu como tinha vindo. Nem esse vislumbre do fogo apagado conseguiu iluminá-lo a ponto de garantir uma rápida sensação de sua degradação.

Em qualquer estado de espírito, em qualquer sofrimento, em qualquer tortura da mente ou do corpo, o trabalho de Meg devia ser feito. Ela se sentou à sua tarefa, e a executou. Noite, meia-noite. Ainda assim, ela trabalhava.

Tinha um fogo fraco e, como a noite estava muito fria, se levantava em intervalos para repará-lo. Os carrilhões tocaram doze e meia enquanto ela estava ocupada; quando pararam, ela ouviu uma batida suave na porta. Antes que pudesse imaginar quem estava lá, naquela hora incomum, a porta se abriu.

Ó, juventude e beleza, felizes como deveriam estar, olhem para isso. Ó, juventude e beleza, abençoadas e abençoando todos ao seu alcance, e executando os objetivos do seu criador beneficente, vejam isto!

Ela viu a figura que entrava, gritou seu nome; gritou "Lilian".

Foi rápida e caiu de joelhos diante dela: agarrando-se ao seu vestido.

— Levante-se, querida! Levante-se! Lilian! Minha querida!

— Nunca mais, Meg; nunca mais! Aqui! Aqui! Perto de você, segurando em você, sentindo sua querida respiração no meu rosto!

— Doce Lilian! Querida Lilian! Filha do meu coração — nenhum amor de mãe pode ser mais terno —, encoste sua cabeça no meu peito!

— Nunca mais, Meg. Nunca mais! Quando olhei pela primeira vez em seu rosto, você se ajoelhou diante de mim. De joelhos diante de você, deixe-me morrer. Deixe-me morrer aqui!

— Você voltou. Meu tesouro! Viveremos juntas, trabalharemos juntas, teremos esperança juntas, morreremos juntas!

— Ah! Beije-me, Meg; envolva-me em seus braços, aperte-me contra o seu peito, olhe gentilmente para mim, mas não me levante. Deixe-me estar aqui. Deixe-me ver o que resta de seu querido rosto de joelhos!

Ó, juventude e beleza, felizes como deveriam estar, olhem para isso. Ó, juventude e beleza, executando os objetivos do seu criador beneficente, vejam isto!

— Perdoe-me, Meg! Tão querida, tão querida! Me perdoe! Eu sei que sim, vejo que sim, mas diga, Meg!

Meg disse-o com os lábios na bochecha de Lilian. E com os braços entrelaçados — sabia agora — tinha ali um coração partido.

— Deus te abençoe, querido amor. Beije-me mais uma vez! E permitiu que ela se sentasse ao lado de seus pés, e que os secasse com os seus cabelos. — Ó, Meg, que misericórdia e compaixão!

Enquanto ela morria, o espírito da criança voltando, inocente e radiante, tocou o velho com sua mão e o chamou.

CAPÍTULO 4

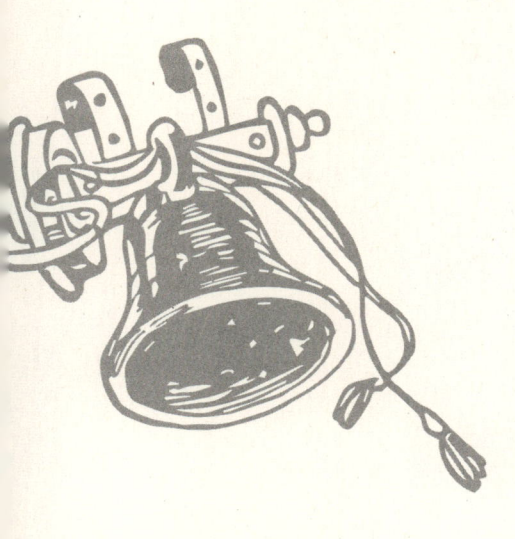

Quarto Quarto

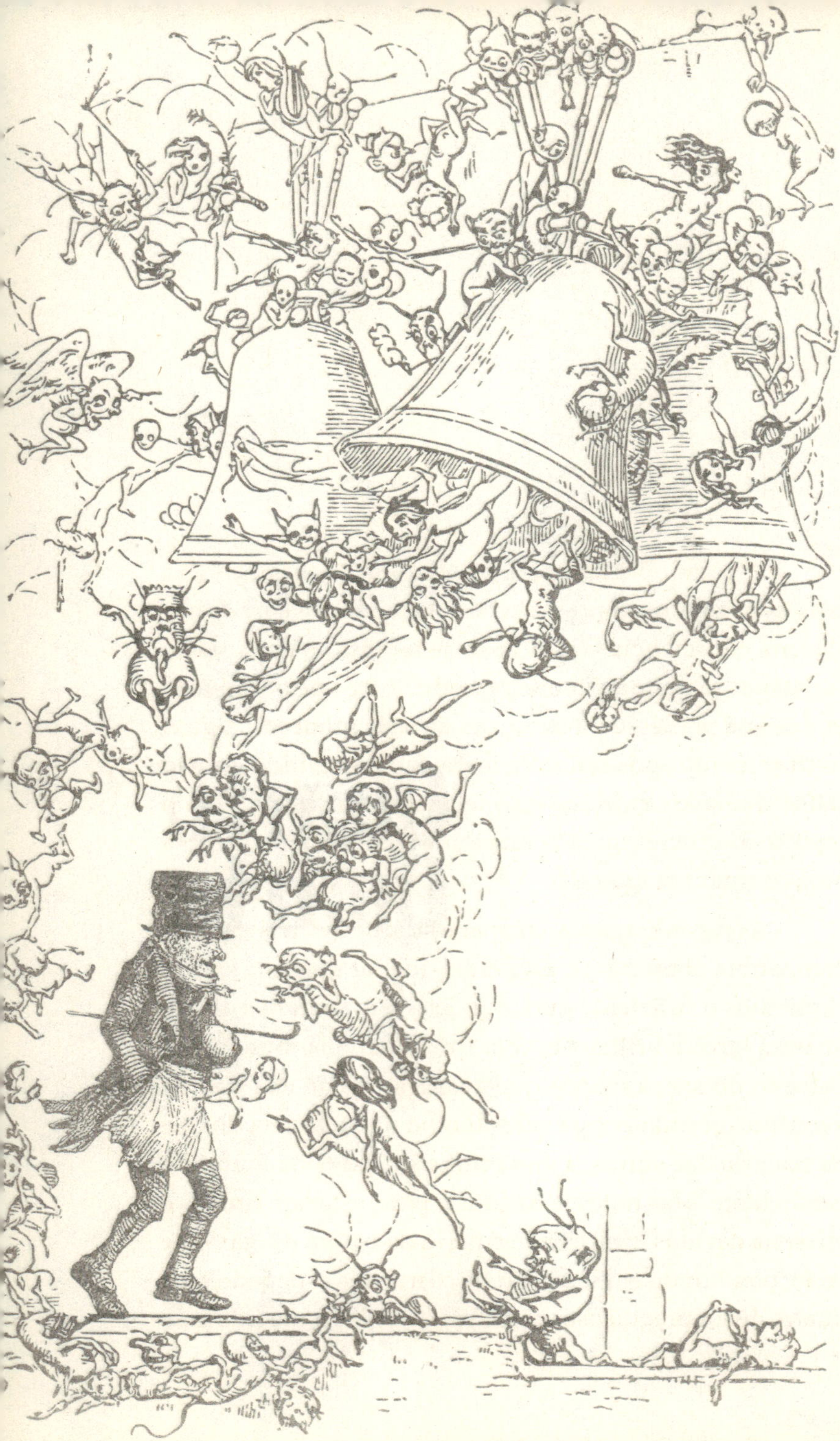

Alguma nova lembrança das figuras fantasmagóricas nos sinos; alguma impressão fraca do toque dos carrilhões; alguma consciência vertiginosa de ter visto o enxame de fantasmas se reproduzir e se reproduzir até que a lembrança deles se perdesse na confusão de seus números; algum conhecimento apressado, como lhe foi transmitido ele não sabia, que mais anos haviam se passado; e Trotty, com o espírito da criança que o acompanhava, ficou olhando para uma companhia mortal.

Companhia gorda, companhia de bochechas rosadas, companhia confortável. Eles eram apenas dois, mas eram vermelhos o suficiente para dez. Estavam sentados diante de uma lareira brilhante, com uma pequena mesa baixa entre os dois; e, a menos que a fragrância de chá quente e muffins permanecesse mais tempo naquela sala do que na maioria das outras, a mesa tinha sido servida muito recentemente. Mas todas as xícaras e pires estavam limpos e em seus devidos lugares no armário do canto; e o garfo de latão, pendurado em seu lugar de costume e esticando seus quatro dedos preguiçosos como se quisesse ser medido para uma luva. Não restavam outras marcas visíveis da refeição recém-terminada, a não ser o ronronar do gato, que lavava seus bigodes, e o brilho no rostos graciosos, para não dizer gordurosos, de seus protetores.

Esse casal acolhedor (casado, evidentemente) havia feito uma divisão justa do fogo entre eles, e estavam sentados olhando para as faíscas brilhantes que caíam na grelha; agora cochilando; acordando novamente quando algum fragmento quente, maior do que o resto, descia chacoalhando, como se o fogo estivesse vindo com ele.

Não corria perigo de extinção repentina, entretanto; pois não brilhava apenas no quartinho, e nas vidraças da porta e na cortina meio fechada, mas na pequena loja do outro lado. Uma pequena loja, bastante abarrotada e sufocada com a abundância de seu estoque; uma lojinha perfeitamente voraz, com uma boca tão complacente e completa quanto a de qualquer tubarão. Queijo, manteiga, lenha, sabão, picles, fósforos, bacon, cerveja de mesa, piões, doces, pipas para meninos, sementes para pássaros, presunto frio, vassouras de bétula, pedras de lareira, sal, vinagre, graxa, arenque vermelho, artigos de papelaria, banha de porco, ketchup de cogumelo, rendas, pães, petecas, ovos e lápis de ardósia; tudo era peixe que vinha para a rede dessa lojinha gananciosa, e todos os artigos estavam na rede. Seria difícil dizer quantos outros tipos de mercadorias insignificantes; mas, bolas de barbantes, cordas de cebolas, quilos de velas, redes de repolho e pincéis, pendurados em cachos no teto, como frutas extraordinárias; enquanto várias latas estranhas emitiam cheiros aromáticos, comprovavam a veracidade da inscrição sobre a porta externa, informando ao público que o dono dessa pequena loja era um negociante licenciado de chá, café, tabaco, pimenta e rapé.

Olhando para esses artigos visíveis ao brilho das chamas, e ao clarão menos alegre de duas lâmpadas esfumaçadas que queimavam indistintamente na própria loja, como se sua abundância estivesse pesando em seus pulmões; e olhando, então, para uma das duas faces perto da lareira da sala; Trotty teve pouca dificuldade em reconhecer na velha senhora robusta a sra. Chickenstalker, sempre marcada pela corpulência, mesmo nos dias em que a conhecia como estabelecida na linha geral, e tinha um pequeno saldo contra ele em seus livros.

As feições de seu companheiro eram menos fáceis para ele. O queixo grande e largo, com vincos grandes o suficiente para esconder um dedo; os olhos atônitos, que pareciam protestar por afundar cada vez mais na gordura maleável do rosto macio; o nariz afligido com essa ação desordenada de suas funções, geralmente denominada de fungadas; a garganta curta e grossa e o peito laborioso, com outras belezas da mesma descrição; embora deliberado a impressionar a memória, Trotty, a princípio, não conseguia atribuir a ninguém que ele conhecesse, mas, ainda assim, tinha uma certa lembrança delas. Por fim, no parceiro da sra. Chickenstalker, na linha geral, e na linha de vida tortuosa e excêntrica, ele reconheceu o antigo porteiro de sir Joseph Bowley; um inocente apoplético, que havia se conectado na mente de Trotty com a sra. Chickenstalker anos atrás, ao dar-lhe acesso à mansão onde confessou suas obrigações para com aquela senhora, e atraiu sobre sua cabeça azarada reprovação tão grave.

Trotty tinha pouco interesse em uma mudança como essa depois das mudanças que vira; mas a associação é muito forte às vezes; e ele olhou involuntariamente atrás da porta da sala, onde as contas de clientes de crédito geralmente eram mantidas em giz. Não havia registro de seu nome. Alguns nomes estavam lá, porém, eram estranhos para ele, e infinitamente menores do que antigamente; de onde ele deduziu que o porteiro era um defensor de transações em dinheiro vivo e, ao entrar no negócio, parecia bem afiado indo atrás dos inadimplentes de Chickenstalker.

Tão desolado estava Trotty, e tão triste pela promessa de juventude de sua filha arruinada, que foi uma pena para ele não ter lugar no livro-razão da sra. Chickenstalker.

— Que tipo de noite é esta, Anne? — perguntou o ex-porteiro de sir Joseph Bowley, esticando suas pernas diante do fogo e as esfregando tanto quanto seus braços curtos podiam alcançar, com um ar que acrescentava: "Aqui estou, se for ruim, e não quero sair, se for bom".

— Soprando e nevando forte — retornou sua esposa. — A neve está ameaçadora. Está escuro e muito frio.

— Fico feliz em pensar que comemos muffins — disse o ex-porteiro, no tom de quem estava com a consciência em paz. — É uma espécie de noite destinada aos muffins. Da mesma forma aos bolinhos. E também ao pão doce.

O ex-porteiro mencionou cada tipo sucessivo de alimento, como se estivesse somando pensativamente suas boas ações. Depois disso, esfregou as pernas gordas como antes e puxou as calças na altura dos joelhos para colocar o calor do fogo nas partes ainda não aquecidas; rindo como se alguém tivesse lhe feito cócegas.

— Você está animado, Tugby, meu querido — observou sua esposa.

A empresa era Tugby, antiga Chickenstalker.

— Não — disse Tugby. — Não. Nada em particular. Estou um pouco entusiasmado. Os muffins caíram tão bem!

Com isso, ele riu até ficar sem ar, com o rosto negro; e teve tanto trabalho para se tornar de outra cor que suas pernas gordas faziam as excursões mais estranhas no ar. Nem foram reduzidas a qualquer coisa como decoro até que a sra. Tugby bateu violentamente nas costas dele e o sacudiu como se ele fosse uma grande garrafa.

— Meu Deus, meu Deus, Deus abençoe e salve o homem! — exclamou a sra. Tugby, aterrorizada. — O que ele está fazendo?

O sr. Tugby enxugou os olhos e repetiu fracamente que estava um pouco exaltado.

— Então não fique assim de novo, que boa alma — disse a sra. Tugby —, se você não quiser me matar de susto com sua batalha e luta!

O sr. Tugby disse que não; mas toda a sua existência era uma luta, na qual, se algum julgamento pudesse ser baseado na falta constantemente crescente de ar, e na cor roxa cada vez mais profunda de seu rosto, ele estava sempre levando a pior.

— Então está ventando, caindo granizo e ameaçando neve; e está escuro e muito frio, não é, minha querida? — disse o sr. Tugby, olhando para o fogo, e voltando ao normal depois de seu temporário entusiasmo.

— Tempo difícil, de fato — replicou sua esposa, balançando a cabeça.

— Sim, sim! Os anos — disse o sr. Tugby — são como os cristãos nesse aspecto. Alguns deles morrem dificilmente; alguns facilmente. Este aqui não tem muitos dias para perseguir e está lutando por eles. Eu gosto mais dele. Há um cliente, meu amor!

Atenta ao barulho da porta, a sra. Tugby já havia se levantado.

— Então — disse ela, entrando na lojinha. — O que está procurando? Oh! Perdoe-me, senhor. Não achei que fosse o senhor.

A senhora Tugby pediu desculpas a um senhor de preto que, com os punhos arregaçados, chapéu inclinado vagarosamente de um lado e mãos nos bolsos, sentou-se escarranchado no barril de cerveja, acenando com a cabeça em resposta.

— É um péssimo negócio subir as escadas, sra. Tugby — disse o cavalheiro. — O homem não resiste.

— Não pode ser o homem no sótão dos fundos! — gritou Tugby, entrando na loja para se juntar à conferência.

— O homem no sótão dos fundos, sr. Tugby — disse o cavalheiro —, parece decair rapidamente e estará abaixo da terra muito em breve.

Olhando alternadamente para Tugby e sua esposa, ele sondou o barril com os nós dos dedos, para checar a profundidade de cerveja. Tendo encontrado, tocou uma melodia na parte vazia.

— O homem do sótão dos fundos, sr. Tugby — disse o cavalheiro; Tugby ficou em silêncio consternado por algum tempo; — Está morrendo.

— Então — disse Tugby, virando-se para sua esposa — ele deve ir embora, você sabe, antes que morra.

— Não acho que o senhor possa movê-lo — disse o cavalheiro, balançando a cabeça. — Eu não assumiria a responsabilidade de dizer que poderia ser feito, eu mesmo. É melhor deixá-lo onde está. Ele não pode viver muito.

— É o único assunto — disse Tugby, trazendo a balança de manteiga sobre o balcão com um estrondo, pesando seu punho nela — sobre o qual já trocamos uma palavra; ela e eu; e veja do que se trata! Ele vai morrer aqui, afinal. Vai morrer nas instalações. Vai morrer em nossa casa!

— E onde ele deveria morrer, Tugby? — exclamou sua esposa.

— No asilo — ele replicou. — Para que são feitos os asilos?

— Não é para isso — disse a sra. Tugby, com grande energia. — Não para isso! Nem me casei com você para isso. Nem pense nisso, Tugby. Eu não deixarei. Eu não vou permitir. Eu me separaria primeiro, e nunca veria seu rosto novamente. Enquanto o meu nome de viúva estava por cima daquela porta, como aconteceu por muitos anos, esta casa era conhecida como a da sra. Chickenstalker por toda parte, e nunca foi conhecida, exceto pelo seu crédito honesto e sua prestação de contas; enquanto o meu nome de viúva estava por cima daquela porta, Tugby, eu o conhecia como um jovem bonito, estável, viril e independente; eu a conhecia como a menina de aparência e de temperamento mais doce que os olhos já viram; eu conhecia o pai dela (pobre velha criatura, ele caiu do campanário caminhando durante o sono e se matou) como o homem mais simples, trabalhador e de coração de criança que já respirou na vida; e, quando eu os expulsar do lar e da casa, que os anjos me expulsem do céu. E como me expulsariam! E seria bem-feito!

Seu rosto velho, que era rechonchudo e com covinhas antes das mudanças ocorrerem, parecia resplandecer enquanto ela dizia essas palavras; e, quando ela secou os olhos, e balançou a cabeça e o lenço para Tugby, com uma expressão de firmeza que era bastante clara e à qual não era fácil resistir, Trotty disse: — Deus a abençoe! Abençoe!

Então ele ouviu, com o coração ofegante, o que deveria acontecer. Não sabendo nada ainda, mas que eles falavam de Meg.

Se Tugby estava um pouco exaltado na sala de estar, ele mais do que equilibrou essa conta por não estar nem um pouco deprimido na loja, onde agora olhava para sua esposa, sem tentar responder; secretamente transferindo, no entanto — em um ataque de abstração ou como uma medida de precaução —, todo o dinheiro do caixa para seus próprios bolsos enquanto a encarava.

O cavalheiro em cima do barril de cerveja, que parecia ser um assistente médico autorizado para os pobres, estava muito bem acostumado, evidentemente, a pequenas diferenças de opinião entre marido e mulher para interpor qualquer observação nesse caso. Estava sentado, assobiando suavemente, e tirando algumas gotas de cerveja da torneira e jogando no chão, até que houvesse uma calma perfeita: quando ergueu sua cabeça e disse à sra. Tugby, antiga Chickenstalker:

— Há algo interessante sobre a mulher, mesmo agora. Como ela se casou com ele?

— Ora, isso — disse a sra. Tugby, sentando-se perto dele — não é a parte menos cruel da história dela, senhor. Veja, eles começaram a namorar, ela e Richard, muitos anos atrás. Quando eram jovens e formavam um lindo casal. Tudo estava resolvido, e deveriam ter se casado no dia de Ano-Novo. Mas, de alguma forma, Richard enfiou na cabeça, devido ao que os cavalheiros lhe disseram, que ele poderia fazer melhor, e que logo se arrependeria; que ela não era boa o suficiente para ele, e que um jovem com vitalidade não tinha nada que se casar. Os cavalheiros a assustaram e a deixaram melancólica e temendo que ele a abandonasse, e que seus filhos fossem mandados à forca, disseram que era pecaminoso viverem como marido e mulher, e muito mais.

Em suma, a confiança um no outro foi quebrada, e assim finalmente o noivado acabou. Mas a culpa foi dele. Ela teria se casado, senhor, com alegria. Eu vi o coração dela inchar muitas vezes depois, quando ele passava por ela de forma orgulhosa e descuidada; e nunca uma mulher sofreu tão verdadeiramente por um homem quanto ela por Richard quando ele errou pela primeira vez.

— Oh! Ele errou, não é? — disse o cavalheiro, puxando o respiradouro da cerveja, e tentando espiar dentro do barril pelo buraco.

— Bem, senhor, não sei se ele entendia corretamente o que sentia, sabe. Eu acho que a mente dele estava perturbada por terem rompido; e ainda por ter vergonha diante dos senhores, e talvez por estar inseguro também, sobre como ela poderia reagir; ele teria passado por qualquer sofrimento ou provação para ter o compromisso e a mão de Meg novamente. Essa é minha crença. Ele nunca disse isso; mas é uma pena! Começou a beber, se tornou preguiçoso, passou a ter más companhias; todos os bons recursos que diziam ser muito melhores para ele do que o lar que poderia ter. Perdeu sua aparência, o caráter, a saúde, a força, seus amigos, seu trabalho: tudo!

— Ele não perdeu tudo, sra. Tugby — retornou o cavalheiro —, porque ele ganhou uma esposa; e eu quero saber como ele a ganhou.

— Estou chegando lá, senhor, em um momento. Isso continuou por anos e anos; ele afundando cada vez mais; e ela aguentando, coitadinha, sofrimentos suficientes para acabar com sua vida. Por fim, ele estava tão abatido e banido que ninguém o empregaria ou o notaria; e as portas eram fechadas para ele, aonde quer que fosse. Procurando emprego de um lugar a outro e de porta em porta; chegando pela centésima vez a um cavalheiro que muitas e muitas vezes o havia testado (ele era um bom trabalhador até o fim); aquele cavalheiro, que conhecia sua história, disse: — Acho que você é incorrigível; existe apenas uma pessoa no mundo que tem chance de recuperá-lo; não peça mais para eu confiar em você até que ela não tente fazê-lo. —Disse algo assim, em sua raiva.

— Ah! — disse o cavalheiro. — E então?

— Bem, senhor, ele foi até ela e se ajoelhou; disse que era assim; disse que sempre fora assim; e implorou para salvá-lo.

— E ela? Não se angustie, sra. Tugby.

— Ela veio até mim naquela noite para me perguntar sobre morar aqui. "O que ele já foi para mim", disse ela, "está enterrado em uma cova, lado a lado com o que eu era para ele. Mas eu pensei nisso; e vou fazer a tentativa. Na esperança de salvá-lo; pelo amor da menina alegre (você se lembra dela) que deveria ter se casado no dia de Ano-Novo; e pelo amor de Richard". E disse que ele tinha vindo a ela por Lilian, e Lilian confiara nele, ela nunca poderia esquecer isso. Então se casaram; e, quando chegaram aqui em casa, e eu os vi, esperava que tais profecias que os separaram quando jovens talvez não se cumprissem como aconteceu nesse caso, ou eu não seria a responsável por elas nem por uma mina de ouro.

O cavalheiro desceu do barril e espreguiçou-se, observando:

— Suponho que ele abusou dela, assim que se casaram?

— Acho que ele nunca fez isso — disse a sra. Tugby, balançando a cabeça e enxugando os olhos. — Ele continuou melhor por pouco tempo; mas seus hábitos eram muito velhos e fortes para serem eliminados; logo recaiu um pouco; e estava afundando rapidamente quando a doença se abateu com força sobre ele. Eu acho que ele sempre a amou. Tenho certeza que sim. Eu o vi, em seus acessos de choro e tremores, tentar beijar sua mão; e eu o ouvi chamá-la de "Meg" e dizer que era seu décimo nono aniversário. Lá ele está deitado, agora, semanas e meses. Entre ele e o bebê, ela não é capaz de fazer seu antigo trabalho; e, mesmo que conseguisse fazê-lo, teria o perdido por não ser capaz de cumprir o horário. Como eles viveram até agora, eu não consigo dizer!

— Eu sei — murmurou o sr. Tugby; olhando para a caixa registradora, e em volta da loja, e para sua esposa; e rolando a cabeça com imensa inteligência. — Como briga de galos!

Ele foi interrompido por um grito — um som de lamentação — vindo do andar superior da casa. O cavalheiro moveu-se apressadamente para a porta.

— Meu amigo — disse ele, olhando para trás —, você não precisa discutir se ele será removido ou não. Ele poupou você desse problema, acredito.

Dizendo isso, ele correu escada acima, seguido pela

sra. Tugby; enquanto o sr. Tugby ofegava e resmungava atrás deles à vontade; tendo ficado mais do que comumente sem fôlego pelo peso da caixa registradora, na qual havia uma quantidade inconveniente de cobre. Trotty, com a criança ao lado dele, flutuou escada acima como mero ar.

"Siga-a! Siga-a! Siga-a!" Ele ouviu as vozes fantasmagóricas dos sinos repetirem suas palavras enquanto ele subia. "Aprenda com a criatura mais querida ao seu coração!"

Tinha acabado. Tinha acabado. E esta era ela, o orgulho e a alegria de seu pai! Aquela mulher abatida, miserável, chorando ao lado da cama, pressionando uma criança contra o peito. Quem pode dizer quão frágil, doente e pobre pode ser uma criança! Quem pode dizer quão querida é!

— Graças a Deus! — exclamou Trotty, erguendo as mãos postas. — Oh, Deus seja louvado! Ela ama a criança!

O cavalheiro, não mais insensível ou indiferente a tais cenas do que as que via todos os dias, sabia que eram números sem importância nas somas de Filer — meros arranhões na operação desses cálculos —, colocou a mão sobre o coração que não batia mais, ouviu a respiração e disse: — A dor dele acabou. É melhor que seja assim! — A sra. Tugby tentou confortá-la com gentileza. O sr. Tugby tentou filosofia.

— Vamos, vamos! — disse ele, com as mãos nos bolsos. — Você não deve ceder, você sabe. Isso não vai funcionar. Você deve lutar. O que seria de mim se eu tivesse cedido quando era porteiro, e tínhamos até seis carruagens duplas em nossa porta em uma noite! Mas eu recorri à minha força de espírito, e não demonstrei!

Mais uma vez, Trotty ouviu as vozes dizendo: "Siga-a!". Ele se virou para sua guia e a viu subindo, passando pelo ar. "Siga-a!", disse. E desapareceu.

Ele pairou ao redor da filha; sentou-se a seus pés; olhou para o seu rosto em busca de um traço de seu antigo eu; ouviu uma nota de sua voz antiga e agradável. Flutuou em torno da criança: tão pálida, tão prematuramente velha, tão terrível em sua realidade, tão melancólica em seu lamento triste e miserável. Ele quase a venerou. Agarrou-se a ela como se fosse a única proteção da filha; como o último elo ininterrupto que a ligava à resistência. Depositou a esperança e a confiança de pai no frágil bebê; observou cada olhar que Meg lançava para a criança enquanto a segurava nos braços; e gritou mil vezes "Ela a adora! Deus seja louvado, ela a adora!".

Toby viu a sra. Tugby cuidando de Meg durante a noite; a viu voltar quando seu marido relutante estava dormindo e tudo estava quieto; a encorajar, a derramar lágrimas com ela, a oferecer alimento. Ele também viu o dia chegar, e a noite novamente; o dia, a noite; o tempo passar; a casa da morte aliviada da morte; o quarto entregue a ela e à criança; ele a ouviu gemer e chorar. Ouviu o bebê cansá-la, e, quando ela cochilava por exaustão, arrastá-la de volta à consciência e segurá-la com suas mãozinhas; mas ela era constante, gentil e paciente. Paciente! Era sua mãe amorosa no mais íntimo de seu coração e alma, e teve seu ser entrelaçado com o dela como quando ainda estava por nascer.

Todo esse tempo Meg estava carente, definhando, em extrema penúria e necessidade. Com o bebê em seus braços, vagou aqui e ali em busca de ocupação; e com seu rostinho magro deitado em seu colo, olhando para o dela, fez qualquer trabalho por qualquer quantia miserável; um dia e uma noite trabalhando intensamente por um valor mínimo. Se ela brigasse com a criança; se a negligenciasse; se tivesse por algum momento olhado para ela com ódio e, no frenesi de um instante, a tivesse atingido... Mas não. O conforto de Toby era que Meg amava a criança sempre.

Ela não contou a ninguém sobre suas necessidades extremas e vagava durante o dia para não ser questionada por sua única amiga, pois qualquer ajuda que recebesse ocasionaria novas brigas entre a boa mulher e seu marido; tornando-se nova amargura para Meg ser a causa diária de contendas e discórdia, onde ela tanto devia.

Ela amava o bebê, o amava a cada dia mais. Mas, em uma noite, aconteceu uma mudança nesse amor. Meg estava cantando baixinho para o bebê pegar no sono, e andando de um lado para o outro para niná-lo, quando sua porta foi suavemente aberta e um homem entrou.

— Pela última vez — disse ele.

— William Fern!

— Pela última vez.

Ele agia como um homem perseguido: e falava em sussurros.

— Margaret, meu tempo está quase acabando. Eu

não conseguiria terminar sem uma palavra de despedida. Sem uma palavra de agradecimento.

— O que você fez? — ela perguntou, olhando para ele com terror.

Fern olhou para ela, mas não respondeu.

Depois de um breve silêncio, ele fez um gesto com a mão, como se colocasse de lado a pergunta dela, e disse:

— Agora já faz muito tempo, Margaret, mas aquela noite ainda está muito fresca em minha memória. Nós pouco pensamos, então — ele acrescentou, olhando em volta —, que deveríamos nos encontrar assim. É seu filho, Margaret? Deixe-me tê-lo em meus braços. Deixe-me segurar seu bebê.

Ele colocou o chapéu no chão e o pegou. E tremia ao pegá-lo, da cabeça aos pés.

— É uma menina?

— Sim.

Ele colocou a mão diante de seu rostinho.

— Veja como estou ficando fraco, Margaret, quando preciso ter coragem para olhar para ela! Deixe-a ficar, um momento. Eu não vou machucá-la. Já faz muito tempo, mas... Qual é o nome dela?

— Margaret — ela respondeu, rapidamente.

— Estou feliz com isso — disse ele. — Estou feliz com isso! — Ele parecia respirar mais livremente; e, depois de fazer uma pausa por um instante, tirou sua mão e olhou para o rosto do bebê. Mas cobriu-o novamente, em seguida.

— Margaret! — disse ele; e devolveu-lhe a criança. — É de Lilian. De Lilian!

— Eu segurei o mesmo rosto em meus braços quando a mãe de Lilian morreu e a deixou.

— Quando a mãe de Lilian morreu e a deixou! — ela repetiu descontroladamente.

— Como você fala de forma estridente! Por que você fixa seus olhos em mim assim? Margaret!

Ela se afundou em uma cadeira, apertou o bebê contra o peito e chorou por cima dele. Às vezes ela o soltava de seu abraço, para olhar ansiosamente em seu rosto, depois o puxava novamente contra o peito. Naqueles momentos, quando o contemplava, algo feroz e terrível começava a misturar-se com seu amor. Foi então que seu velho pai estremeceu.

"Siga-a!", soou pela casa. "Aprenda com a criatura mais querida ao seu coração!"

— Margaret — disse Fern, inclinando-se sobre ela e a beijando na testa. — Agradeço pela última vez. Boa noite. Adeus! Coloque sua mão na minha e diga que você vai me esquecer a partir de agora, e tentar pensar que o meu fim estava aqui.

— O que você fez? — perguntou ela novamente.

— Haverá um incêndio esta noite — disse ele, afastando-se dela. — Haverá fogos neste inverno, para iluminar as noites escuras, leste, oeste, norte e sul. Quando você vir o céu distante vermelho, eles estarão em chamas. Quando você vir o vermelho do céu distante, não pense mais em mim; ou, se o fizer, lembre-se de que o inferno foi aceso dentro de mim, e pense que você vê suas chamas refletidas nas nuvens. Boa noite. Tchau! — Ela gritou para ele; mas não adiantou. Meg se sentou estupefata, até que seu bebê a despertou para uma sensação de fome, frio e escuridão. Ela caminhou com o bebê de um lado para outro na sala por toda noite, silenciando-o e o acalmando. Dizia em intervalos: "Como Lilian, quando sua mãe morreu e a deixou!".

— Por que seu passo era tão rápido, seus olhos tão selvagens, seu amor tão feroz e terrível sempre que repetia essas palavras? — Mas é amor — disse Trotty. — É amor. Ela nunca vai deixar de amá-la. Minha pobre Meg!

Na manhã seguinte, vestiu a criança com cuidado incomum — ah, gasto inútil com roupas tão esquálidas! — e mais uma vez tentou encontrar algum meio de vida. Foi o último dia do ano velho. Tentou até a noite sem nada comer. E em vão.

Ela se misturou com uma multidão abjeta, que permanecia na neve, até que algum oficial nomeado dispensasse a caridade pública (a caridade legal; não aquela uma vez pregada por Jesus no monte) para chamá-los, questioná-los e dizer "Vá para tal lugar", "Venha na próxima semana"; para fazer uma bola de futebol de outro desgraçado, e passá-lo aqui e ali, de mão em mão, de casa em casa, até que se cansasse e se deitasse para morrer; ou se levantasse e roubasse, tornando-se assim um criminoso, cujas reivindicações não permitiam demora. Aqui também ela falhou.

Ela amava sua filha e desejava tê-la deitado em seu peito. E isso foi o bastante.

Era noite, uma noite sombria, escura e cortante, quando, pressionando a criança perto dela para se aquecer, chegou ao lado de fora da casa que chamava de lar. Estava tão fraca e tonta que não viu ninguém de pé na porta até que estivesse perto dela e prestes a entrar. Então, reconheceu o dono da casa, que se dispusera de tal maneira — com sua pessoa não era difícil — a ponto de preencher toda a entrada.

— Oh! — disse ele suavemente. — Você voltou?

Ela olhou para a criança e balançou a cabeça.

— Você não acha que já mora aqui há bastante tempo sem pagar aluguel? Você não acha que, mesmo sem nenhum dinheiro, tem sido um cliente constante nesta loja? — disse o sr. Tugby.

Ela repetiu o mesmo apelo mudo.

— Que tal você tentar achar um outro lugar? — disse ele. — Que tal arranjar um outro alojamento? Vamos! Não acha que conseguiria?

Ela disse em voz baixa que era muito tarde. Amanhã.

— Agora vejo o que você quer — disse Tugby; — E o que quer dizer. Sabe que há dois partidos nesta casa a seu respeito, e se delicia em perceber isso pelas conversas. Eu não quero brigas; estou falando baixinho para evitar confusão; mas, se não for embora, vou falar em voz alta, e você provocará as confusões que a agradam. Mas não irá entrar. Nisso estou determinado. Ela colocou o cabelo para trás com a mão e olhou de repente para o céu e para a escuridão que se colocava à pouca distância.

— Esta é a última noite de um ano velho, e eu não carregarei sangue ruim, brigas e perturbações para um novo ano para agradar a você e nem a ninguém — disse Tugby, que era um grande amigo e pai do varejo. — Será que não tem vergonha de si mesma, de levar tais práticas para um ano novo? Se você não tem nenhum propósito no mundo, a não ser estar sempre cedendo, sempre causando distúrbios entre marido e mulher, seria melhor ficar longe. Vá.

— Siga-a! Para o desespero!

Novamente o velho ouviu as vozes. Olhando para cima, ele viu as figuras pairando no ar, e apontando para onde ela foi, descendo a rua escura.

— Ela o adora! — ele exclamou, em um pedido agonizante por ela. — Carrilhões! Ela ainda o ama!

"Siga-a!" A sombra varreu a trilha que ela havia seguido, como uma nuvem.

Ele se juntou à perseguição; se manteve perto dela; olhou para o seu rosto. E viu a mesma expressão feroz e terrível mesclando-se com seu amor brilhando em seus olhos. Toby a ouviu dizer: "Como Lilian! Ser despejada como Lilian!". E sua velocidade redobrou.

Oh, algo que a desperte! Para qualquer visão, som ou cheiro, para evocar ternas recordações em um cérebro em chamas! Para qualquer imagem gentil do passado surgir diante dela!

— Eu era o seu pai! Eu era o seu pai! — exclamou o velho, estendendo as mãos para as sombras escuras flutuando acima. — Tenha misericórdia dela e de mim! Aonde ela vai? Faça-a voltar! Eu era o seu pai!

Mas as sombras apenas apontavam para Meg, enquanto ela se apressava; e diziam: "Para o desespero! Aprenda com a criatura mais cara ao seu coração!". Cem vozes ecoaram. O ar era feito com a respiração gasta nessas palavras. Ele parecia absorvê-las, a cada suspiro que puxava. Estavam em todos os lugares, e não poderia escapar. E, ainda assim, ela se apressou; a mesma luz em seus olhos, as mesmas palavras em sua boca: "Como Lilian! Ser despejada como Lilian!". De repente, Meg parou.

— Agora, faça-a voltar! — exclamou o velho, puxando seus cabelos brancos. — Minha filha! Meg! Faça-a voltar! Grande pai, faça-a voltar!

Em seu próprio insuficiente xale, ela envolveu o bebê aquecido. Com suas mãos febris, alisou seu corpinho, compôs seu rosto e arrumou seu traje puído. Em seus braços debilitados, ela o abraçou, como se nunca mais fosse se conformar. E, com seus lábios secos, beijou-o com uma angústia final e agonia de amor duradoura.

Colocando a mão minúscula da criança em seu pescoço, e a segurando lá, dentro do vestido, ao lado do coração, ela encostou seu rosto adormecido contra ela, apertado firmemente contra si, e acelerou para o rio.

Para o rio agitado, veloz e escuro, onde a noite de inverno pairava com os últimos pensamentos sombrios de muitos que buscaram refúgio ali. Onde as luzes espalhadas pelas margens brilhavam sombrias, vermelhas e opacas, como tochas que queimavam para mostrar o caminho até a morte. Onde nenhuma morada de gente viva projeta sua sombra, na sombra profunda, impenetrável e melancólica.

Para o rio! Para aquele portal da eternidade seus passos desesperados dirigiam-se com a rapidez de suas águas correndo para o mar. Toby tentou tocá-la quando ela passou por ele, indo para a escuridão, mas a forma selvagem e destemida, o amor feroz e terrível, o desespero que aniquilava todo controle ou repressão humana passaram por ele como o vento.

Ele a seguiu. Ela parou por um momento à beira do precipício, antes do mergulho terrível. Toby caiu de joelhos e em um grito se dirigiu às figuras dos sinos, agora pairando acima deles.

— Eu aprendi! — exclamou o velho. — Da criatura mais querida ao meu coração! Oh, salve-a, salve-a!

Ele poderia enrolar os dedos em seu vestido; poderia segurá-la! Quando as palavras escaparam de seus lábios, sentiu seu toque retornar, e soube que a deteria.

As figuras olharam fixamente para ele.

— Eu aprendi! — exclamou o velho. — Oh, tenha misericórdia de mim nesta hora se, no meu amor por ela, então jovem e boa, caluniei a natureza nos seios das mães desesperadas! Tenha pena da minha presunção, maldade e ignorância, e salve-a. — Ele sentiu seu aperto relaxar. As figuras ainda estavam em silêncio.

— Tenham piedade dela — exclamou ele —, esse crime terrível nasceu do amor pervertido; do amor mais forte e profundo que nós, criaturas arruinadas, conhecemos! Pensem no que deve ter sido sua miséria a ponto de tal semente produzir esse fruto! O céu queria que ela fosse boa. Não há uma mãe amorosa na Terra que não chegasse a isso se tivesse tal vida. Oh, tenham misericórdia de minha filha, que, mesmo nesse desfiladeiro, dispõe-se a perder a misericórdia para si e a morrer sozinha para salvar a alma imortal de sua filha!

Meg estava em seus braços. Ele a segurou então. Sua força era como a de um gigante.

— Vejo o espírito dos carrilhões em vocês! — exclamou o velho, destacando a criança, e falando com a inspiração que seus olhares lhe transmitiram. — Eu sei que nossa herança é guardada para nós pelo tempo. Eu sei que há um mar de tempo para surgir um dia, antes do qual todos que nos prejudicam ou nos oprimem serão varridos como folhas. Eu vejo isso no movimento! Sei que devemos confiar e ter esperança, e não duvidar de nós mesmos, nem duvidar do bem que há nos outros. Eu aprendi com a criatura mais cara ao meu coração. E a aperto em meus braços novamente. Ó, espíritos misericordiosos e bons, levo sua lição ao meu peito com ela! Ó, espíritos misericordiosos e bons, eu sou grato!

Ele poderia ter dito mais; mas os sinos, os velhos e familiares sinos, seus queridos, constantes e firmes amigos, os carrilhões, começaram a tocar as badaladas do Ano-Novo: tão vigorosamente, tão alegremente, tão vivamente, que ele saltou sobre seus pés e quebrou o feitiço que o prendia.

— E o que quer que você faça, pai — disse Meg —, não

coma dobradinha de novo sem perguntar a um médico se é possível que lhe faça mal; esteve perto da morte, Santo Deus!

Meg trabalhava com sua agulha, na mesinha perto do fogo; enfeitando seu vestido simples com fitas para seu casamento. Tão silenciosamente feliz, tão florescente e jovem, tão cheia de belas promessas, que ele soltou um grande grito como se fosse um anjo em sua casa; então voou para agarrá-la em seus braços. Mas ele enroscou os pés no jornal, que havia caído na lareira; e alguém veio correndo entre eles.

— Não! — gritou a voz desse mesmo alguém; uma voz generosa e alegre! — Nem mesmo você. Nem mesmo você. O primeiro beijo da Meg no novo ano é meu. Meu! Eu estava esperando do lado de fora da casa, a esta hora, para ouvir os sinos e reivindicá-lo. Meg, meu precioso prêmio, um feliz ano! Uma vida de anos felizes, minha querida esposa!

E Richard a sufocou de beijos.

Você nunca em toda sua vida viu algo como Trotty depois disso. Eu não me importo onde você viveu ou o que você viu; nunca, em toda a sua vida, viu algo próximo a ele! Trotty se sentou na cadeira, bateu nos joelhos e chorou; ele se levantou da cadeira, bateu nos joelhos e sorriu; se sentou de novo na cadeira, bateu nos joelhos e riu e chorou ao mesmo tempo; ele levantou da cadeira e abraçou Meg; sentou e se levantou novamente e abraçou Richard; depois abraçou os dois ao mesmo tempo; ele continuou correndo até Meg, e apertando seu rosto jovem entre as suas mãos e o beijando, andando de costas para não perdê-la de vista, e correndo para cima novamente como uma figura em uma lanterna mágica; e, o que quer que fizesse, ele estava constantemente sentando em sua cadeira, e nunca parando nela por um único momento; estando — essa é a verdade — fora de si de tanta alegria.

— E amanhã é o dia do seu casamento, meu anjo! — exclamou Trotty. — Seu verdadeiro e feliz dia do casamento!

— Hoje! — gritou Richard, apertando a mão dele. — Hoje. Os carrilhões estão tocando no Ano-Novo. Ouça-os!

Eles *estavam* tocando! Abençoe seus corações fortes, eles *estavam* tocando! Grandes sinos como eram; sinos melodiosos, de boca profunda e nobre; fundidos em nenhum metal comum; feitos por nenhum fundador comum; quando eles já haviam soado assim antes?

— Mas, hoje, meu anjo — disse Trotty. — Você e Richard hoje trocaram algumas palavras ríspidas.

— Porque ele é um sujeito tão mau, pai — disse Meg. — Você não é, Richard? Um homem tão teimoso e violento! Ele não parou de falar o que pensava sobre aquele grande vereador, que iria acabar com ele, eu não sei onde, então ele iria...

— Beijar Meg — sugeriu Richard. Fazendo isso também!

— Não. Nem um pouco mais — disse Meg. — Mas eu não deixaria, pai. Qual seria a utilidade?

— Richard, meu menino! — exclamou Trotty. — Você se mostrou melhor do que se esperava originalmente; e melhor você deve ser, até morrer! Mas estava chorando perto do fogo esta noite, minha querida, quando cheguei em casa! Por que você chorava perto do fogo?

— Eu estava pensando nos anos que passamos juntos, pai. Só isso. E pensando que você poderia sentir minha falta e se sentir solitário.

Trotty estava recuando para aquela cadeira extraordinária novamente quando a criança, que havia sido acordada pelo barulho, veio correndo meio vestida.

— Ora, aqui está ela! — exclamou Trotty, alcançando-a. — Aqui está a pequena Lilian! Ha, ha, ha! Aqui estamos nós e aqui vamos nós! Oh, aqui estamos nós e aqui vamos nós de novo! E aqui estamos nós e aqui vamos nós! E o tio Will também! — Parando em seu trote para cumprimentá-lo calorosamente — Oh, tio Will, a visão que eu tive esta noite, ao hospedar você! Oh, tio Will, as obrigações que você me impôs pela sua vinda, meu bom amigo!

Antes que Will Fern pudesse dar qualquer resposta, uma banda de música irrompeu na sala, acompanhada por muitos vizinhos gritando "Um feliz Ano-Novo, Meg!", "Um casamento feliz!", e outros votos fragmentários desse tipo. O tocador de tambor (que era um amigo particular de Trotty) deu um passo à frente e disse:

— Trotty Veck, meu garoto! Sua filha vai se casar amanhã. Não há viva alma que o conheça que não lhe deseje bem, ou que a conheça e não lhe deseje o bem. Ou que conheça vocês dois e não deseje a ambos toda a felicidade que o novo ano pode trazer. E aqui estamos nós, para tocar e dançar como deve ser.

Recebido com um grito geral, o tocador de tambor estava bastante bêbado, a propósito; mas isso não importa.

— Que felicidade, tenho certeza — disse Trotty — de ser tão estimado! Como você é gentil e amável! É tudo por causa da minha querida filha. Ela merece isso!

Eles estavam prontos para dançar em meio segundo (Meg e Richard primeiro); e o tocador de tambor estava a ponto de demonstrar todo o seu poder; quando uma combinação de sons prodigiosos foi ouvida do lado de fora, e uma mulher bonita e bem-humorada, de cerca de cinquenta anos, ou por aí, entrou correndo, acompanhada por um homem carregando um jarro de pedra de tamanho incrível, seguida de perto por cutelos e sinos; não os sinos, mas uma coleção portátil em uma armação.

Trotty disse: — É a sra. Chickenstalker! — Sentou-se e bateu nos joelhos novamente.

— Casada e não me contou, Meg! — exclamou a boa mulher. — Nunca! Eu não conseguiria descansar na última noite do ano velho sem vir lhe desejar alegria. Eu não poderia ter feito isso, Meg. Nem mesmo se eu estivesse acamada. Então, aqui estou; e, como é véspera de Ano-Novo e véspera de seu casamento também, minha querida, mandei fazer uma pequena gemada e trouxe comigo.

A noção da sra. Chickenstalker do que era "uma pequena gemada" honrou sua personagem. O jarro fumegava e cheirava como um vulcão; e o homem que o carregava estava quase desfalecido.

— Sra. Tugby! — disse Trotty, que estava dando voltas

e mais voltas em êxtase. — Quero dizer, Chickenstalker, Deus abençoe seu coração e alma! Um feliz Ano-Novo, e muitos anos de vida! Sra. Tugby — disse Trotty quando a saudou; — Quero dizer, Chickenstalker. Esses são William Fern e Lilian.

A digna dama, para sua surpresa, ficou muito pálida e em seguida muito vermelha.

— Não é Lilian Fern, cuja mãe morreu em Dorsetshire? — disse ela.

Seu tio respondeu "sim" e, aproximando-se às pressas, eles trocaram algumas rápidas palavras; das quais o resultado foi que a sra. Chickenstalker o cumprimentou com as duas mãos; saudou Trotty em sua bochecha novamente por sua própria vontade; e levou a criança para seu amplo seio.

— Will Fern! — disse Trotty, colocando seu cachecol. — Não é a amiga que você esperava achar?

— Sim! — retornou Will, colocando uma mão em cada um dos ombros de Trotty. — E disse que gostaria de provar ser tão boa amiga, se é que pode ser, como aquele que encontrei.

— Oh — disse Trotty. — Por favor, toque lá. Faça o favor!

Com música da banda, e os sinos e os cutelos, tudo de uma vez; enquanto os sinos ainda operavam vigorosamente ao ar livre; Trotty, fazendo o segundo casal atrás de Meg e Richard, levou a sra. Chickenstalker para o baile e os dois dançaram um passo completamente desconhecido, baseado em seu trote peculiar.

Trotty havia sonhado? Ou suas alegrias e tristezas, e os atores que fazem parte delas, são também um sonho, ou o próprio narrador deste conto um sonhador acordando agora? Se for assim, ó, querido ouvinte, tente ter em mente as realidades severas de onde vêm as sombras e suas esferas de ação — nenhuma é tão ampla e nem tão limitada para tal fim —, se esforce para corrigi-las, melhorá-las e suavizá-las. Portanto, que o novo ano seja feliz para você e para muitos mais cuja felicidade dependa de sua atuação! Que cada ano seja melhor que o anterior, e não menos feliz para os nossos irmãos ou irmãs. Que os mais simples não sejam privados de sua parte legítima de felicidade, a eles destinada por nosso grande criador.

Impressão e Acabamento
Gráfica Oceano